대화와 수화

박석수 전집 ❹

장편소설掌篇小說

대화와 수화

박석수 전집 ❹

장편소설掌篇小說

도서출판 북인

작가의 말

'소설 이외수李外秀'에 대한 나의 생각

'소설 이외수李外秀'가 어쩌다 내가 내는 짧은 소설집의 제목으로까지 나오게 되었는지 모를 일이다. 이 글은, 내가 『소설문학』을 편집할 때였으니까 그때가 아마 1980년 2월호쯤으로 기억된다. 내가 편집하는 잡지에 내 이름을 달고 나가기가 뭣해서 다른 작가 분의 이름을 잠시 빌려 내보낸 적이 있다.

그 후 이 '소설 이외수李外秀'라는 글은 참으로 많은 독자들에게 읽혀졌으리라고 생각된다. 왜냐하면 여성지에서 다달이 부록을 만들어주던 무렵에 그의 에세이를 부록으로 만들었을 때도 들어갔고, 그다음은 그의 첫 에세이집 『내 잠속에 비 내리는데』에도 수록됐고, 그의 대표적인 작품집 『언젠가는 다시 만나리』에도 수록되었다. 이 「소설 이외수」는 그야말로 문예지, 여성지, 에세이집, 대표 작품집을 가리지 않고 막무가내로 들어갔으니 얼마나 많은 독자들이 읽어보았겠는가.

그러나 막상 그 글을 쓴 나로서는 불만이 없을 수 없다. 그 글을 쓴 것은 그의 문단 데뷔 초기에 불과한 것이지 그 이후 그의 참모습은 전혀 아니라는 점이다.

이외수를 만난 지 어언 15년이 되어간다. 문단이나 신문·잡지의 기자들도 내가 유독 이외수의 편에 서서 그의 신화를 창조하는 데 일익을 담당했음을 알고 계신 분은 이해할 것이다.

이제부터 나는 이것보다는 길고도 긴 그의 실명소설을 한번 써보고 싶다. 그리고 여기에 함께 수록하는 나의 다른 짧은 소설들 역시 내 문단 데뷔 만 23년을 혼자 자축하는 것이라고 밖엔 달리 할 말이 없다.

1994년 1월

박석수

차례

제3장 | **목욕탕과 수증기**

제3장 | **북두칠성은 아름답다**

| 제1장 |

독 안에 든 쥐

소설 이외수李外秀

피곤한 남자男子

독 안에 든 쥐

재벌 2세

이유

예쁜 남자

짝사랑

대화와 수화

두 집 살림

마지막 데이트

소설 이외수李外秀

경기驚氣들린 어린애처럼 쉬지 않고 울어대는 전화벨 소리에 그녀는 퍼뜩 잠에서 깨어났다.

벽시계를 쳐다보았다.

새벽 4시.

그녀는 입으로 삐어져나오는 하품을 손바닥으로 툭툭 가볍게 두어 번 되밀어 처넣고는 전화기가 놓여 있는 곳으로 걸어갔다.

이 시간에 걸려 오는 전화라면 그 주인공이 누구인지 뻔했다.

남편 이외수李外秀를 빼놓고는 춘천에서 어느 누구도 이런 교양 없는 짓거리를 할 사람은 없으리라는 것을 그녀는 알고 있었다.

친정집 전화를 프러치해서 사용하고 있기 때문에 그녀는 한 통화를 하더라도 여간 신경이 쓰이고 조심스러워지는 게 아니었는데 이외수는 도무지 그런 예의나 체면 따위와는 아랑곳없었다.

한번은 이런 일이 있었다.

자다가 오밤중에 벌떡 몸을 일으킨 이외수가 전화통을 붙들고 그녀를 향해 버럭 소리를 질렀다.

"문인 주소록 좀 가지고 와!"

"뭐를 가져와요?"

그녀는 남편의 느닷없는 고함소리에 놀라서 선잠을 깬 큰아들 얼이의 울음소리를 달래며 반문했다.

"문인 주소록."

이외수는 빠르고 정확하게 그 말을 되풀이했다.

"그건 왜요?"

"전화를 걸 데가 있어서 그래."

"전화를 걸다니요? 지금이 몇신데…. 남들 다 자는 이 시간에 어따 전화를 하겠다는 거예요?"

그녀는 눈을 동그랗게 뜨고 남편을 쳐다보았다.

"밤 두 시야. 지금 이 시간에 잠들지 않고 깨어 있을 전국의 문인들에게 메시지를 보내려고 그러는 거야."

"지금 이 시간에 잠자지 않는 사람은 당신뿐일 거예요."

그녀는 이렇게 말했다. 도대체가 이외수를 이해할 수가 없었다. 세상에 어느 얼빠진 사람이 지금 이 시간까지 잠 안 자고 춘천의 거지가 방송하는 각설이 타령(?) 같은 걸 기다리고 있겠는가 말이다. 그게 무슨 남북통일의 빅뉴스라도 된다고….

아니 설사 통일보다 더 중요한 메시지라 할지라도 받는 사람의 입장도 좀 생각해 줘야지. 문인 주소록에 이름 박아 놓은 죄 하나로 문인뿐 아니라 그들 가족 전체가 곤한 잠을 방해당할 이유는 하등 없는 것이 아닌가 말이다.

이외수는 아내가 갖다준 문인 주소록을 훑어보며 새벽 두 시에 깨어 있을 우리나라의 문인들 이름을 하나씩 표시해 나갔다.

"이 친구라면 지금 깨어서 글을 쓰고 있겠고…."

"이 친구는 계집 끼고 잠들어 있을 거고…."

그러면서 선별이 끝나자 DDD로 다이얼을 돌렸다.

신호는 가는데 받지 않았다.

그래도 이외수는 계속 수화기를 들고 있었다.

5분쯤 지나자 수화기 저쪽에서 졸음기 섞인 여자의 짜증스런 목소리가 들려왔다.

"누구세요?"

"거기가 소설가 최XX 씨 댁이 맞습니까?"

"그런데요. 거긴 어디세요?"

여자는 계속 짜증을 부린다.

"아, 여긴 춘천이고 난 이외수라는 사람입니다. 지금 이 시간에 아직 잠자지 않고 깨어 있을 사람을 찾고 있습니다. 최XX 씨 지금 안 자죠? 좀 바꿔 주십시오."

여자의 음성이 몇 옥타브쯤 올라갔다.

"여보세요, 그이는 지금 외국에 가서 여긴 없어요. 뭐 이런 사람이…."

말을 마치기도 전에 여자는 수화기를 팽개치듯 내려버렸다.

이외수는 다시 다른 번호를 돌린다. 뚜르르르. 신호가 간다. 뚜르르르….

30초.

웬 남자가 수화기를 들었다.

"여보세요?"

차분한 음성이 싱그러웠다. 이 친구는 자고 있지 않았음에 분명하다고 이외수는 판단했다.

"최학 씨 집이지요?"

대뜸 이름을 호명 당하자 수화기 저쪽에서 잠시 멈칫하는 것 같았다.

"누구십니까?"

"나, 춘천의 이외수요. 지금 전국에 메시지를 보내고 있는 중인데 당신이 두 번째로 나의 메시지를 받은 것이요. 자, 그럼 잘 자시오."

아까와는 반대로 이번엔 이외수가 먼저 수화기를 내려놓았다. 만약 수화기를 더 들고 있다간 말 놓고 지내기의 명수인 최학이 한테,

"별 싱거운 친구 다 보겠네. 그래 좋다. 두 번째 메시지 접수 기념으로 너 오늘부터 나하고 말 트고 지내자."

라는 소리를 이외수는 듣게 될지도 모른다는 생각이 퍼뜩 들었기 때문이었다.

어쨌거나 밤 2시부터 시작한 춘천의 이외수 방송은 새벽 5시까지 장장 3시간 동안 전신을 타고 서울에서 제주도까지 전국 방방곡곡으로 날아가 문인들이나 그 가족들의 편안한 수면을

요란한 전화벨 소리로 흔들어 깨워댔다.

그 메시지인가 지랄인가 하는 걸 전국으로 보낸 덕분으로 그 다음 날 이외수의 처갓집 전화 요금은 이외수가 벌어 오는 원고료의 몇 배가 넘는 금액이 찍혀 나왔고, 처갓집 식구들은 눈을 곱게 뜨지 않으며 빚쟁이처럼 들락거렸다.

그녀는 이런 기억들을 떠올리며 수화기를 들어올렸다.

그녀가 뭐라고 얘기를 하기도 전에 수화기 저쪽에서 예상했던 대로

"여보세요-."

하는 남편 이외수의 술기 묻은 듯한 음성이 들려왔다.

"지금 전화하는 곳이 어디에요? 수표는 바꾸었어요?"

하고 묻자,

"나 여관비가 없어 이곳에 붙들려 있으니 돈 좀 갖고 와서 당신 곁으로 나를 데려가 줘!"

하며 다 죽어가는 소리를 내는 것이었다.

원고료로 받은 20만 원짜리 수표를 현금으로 바꾸러 나간지 사흘이 넘도록 감감무소식이다가 이렇게 새벽에 전화가 걸려온 것이었다. 그것도 수표를 바꾸었다는 것이 아니라 여관비가 없으니 돈을 갖고 나오라는 것이니 그녀는 그저 어이가 없을 뿐이었다. 그러나 어린애처럼 울먹이며 '날 당신 곁으로 데려가 달라'는 남편을 미워할 수는 없었다. 미워하기는커녕 남편이 오히려 측은하게 느껴지는 그녀였다.

그녀는 우선 궁금한 것부터 물었다.

"돈 다 어떻게 했어요?"

"다 술 마셨지."

이외수는 그 돈으로 술을 마신 것이 지극히 당연하고 당당한 일이라도 되는 양 아주 태연하게 대답했다.

다 술 마셨지라니. 20만 원이면 네 식구의 한 달 생활비인데, 그걸 사흘 동안 다 쓰고도 모자라 오히려 돈을 갖고 오라니 그녀는 가슴이 몹시 아팠다.

명색이 한 여자의 지아비라는 사람이, 아니 두 아이의 아버지라는 사람이 언제까지나 이런 짓을 계속할 것인지 그녀는 그냥 가슴이 아플 뿐이었다. 그러나 오장육부 중에 성한 곳이라고는 한 군데도 없이 모두 망가져 버린 가슴에 아직 한번도 꺼내 보지 않는 비수를 품고 있는 그의 가슴에 비하면, 자신의 아픔은 아무것도 아닐 수도 있다고 그녀는 늘 마음을 고쳐먹곤 했다.

그녀는 여관의 위치를 묻고는 힘없이 수화기를 내려놓았다.

구멍가겟집 주인 아주머니에게 사정하다시피 해서 돈을 꾸어갖고 그가 말하는 여관으로 달려갔을 때 거기 이외수는 귀신처럼 머리를 산발한 채 등을 돌리고 앉아 있었다.

방 한쪽 구석엔 꽤 많은 분량의 원고지가 함부로 구겨져 뒹굴고 있었다.

이외수는 아내를 힐끗 쳐다보더니

"응, 일찍 왔구먼."

하고 말했다.

그녀는 원고지가 구겨져 함부로 뒹굴고 있는 방 한쪽 구석에 손가락을 던지며 물었다.

"저건 뭐예요?"

"파지야. 써놓고 보니까 엉터리야. 원고가 안 돼."

이외수는 울고 있었다.

그녀는 아무 소리 없이 말라서 삐그덕 소리가 들리는 빈약한 그의 무릎에 얼굴을 묻었다.

피곤한 남자男子

그 사건이 있은 후 나는 그를 만나지 않았다. 아니, 만나는 것은 고사하고 걸려오는 전화마저도 받지 않았다.

그런 나의 행동에 대해 가족 중에서 먼저 초조감을 드러낸 사람은 역시 엄마였다.

"너, 결혼 날짜까지 잡아 놓고 그 사람을 만나지 않으면 어쩔 셈이냐? 그 사람에게 무슨 숨겨놓은 애인이라도 있든?"

나는 코웃음 쳤다. 차라리 그런 일이라도 있다면 이렇게 참담한 절망감은 느끼지 않았을는지도 모른다.

"말을 해봐라. 무슨 일 때문인지."

어머니는 정말 속이 타는지 주전자에서 보리차를 거푸 두 컵이나 따라 마시고는 나를 쏘아보았다. 그러다가 어머니는 어깨로 한숨을 길게 토해내더니 무슨 결심이라도 한 듯 이렇게 말했다.

"한 가지만 묻겠다. 네 확실한 생각을 말해다오. 그 사람과 결혼을 할 거냐, 안 할거냐?"

나는 어머니의 심정을 헤아릴 수 있었다. 스물여섯 해를 제 고집대로만 살아온 나를 이제 뒤늦게 고쳐 놓지 못할 것을 아는 바엔 차라리 아버지의 체면을 생각해서라도 어서 이 일을 원만하게 수습하는 편이 나으리라는 판단을 내린 것이었다.

“그 남자와는 결혼하지 않겠어요.”

“이유가 있을 게 아니냐? 내가 보기엔 꽤 무던해 보이는 사람 같던데.”

“….”

나는 그 이유를 설명할 수가 없었다. 그 사건을 어떻게 말로 설명할 수 있단 말인가. 설혹 설명이 되어진다 하더라도 그것은 어머니나 남들에게 결혼을 파기할 만한 충분한 이유로는 납득되어지지 않을 것임에 분명했다.

그날도 우리는 클래식 음악을 들을 수 있는 명동의 경양식집 ‘우람’에서 늦은 저녁을 먹고 있었다.

내가 음식을 남기자 그가 말했다.

“왜 그래?”

나는 대꾸할 성의 있는 적당한 말이 없어서 속이 안 좋다고만 했다.

“체했나?”

“괜찮아요. 술 한잔 마시면 나을 거예요.”

우리는 맥주를 꽤 여러 병 마셨다. 그리고 밖으로 나왔을 때, 세상은 순식간에 은세계로 변해 있었다.

결코 취기 탓만은 아니었다. 하얀 눈발이 수평으로 날리고 있는 모습은 매우 감동적이기까지 했다.

나는 그의 팔짱을 끼고 걸었다.

"춥지 않아?"

그의 따뜻한 음성이 귓속을 간지럽게 파고들었다. 나는 고개를 가로저으며 그냥 웃었다.

우리는 차 타는 곳까지 걸으면서 아무 말도 하지 않았다. 가슴에 있는 소중한 얘기들이 전파처럼 서로의 가슴에 닿으리라는 생각을 했다. 나는 그가 원한다면 오늘은 집엘 들어가지 않아도 좋으리라는 생각을 했는데, 그 생각은 질주하는 택시를 향해 그가 손가락을 몇 개씩 흔들어도 끝내 차를 잡지 못하는 결과로 나타났다.

우리는 가까운 여관으로 들어갔다.

방에 들어서자 가슴이 답답했다. 그것은 그가 피워 대는 줄담배 때문에 탁해진 방 안 공기 때문이 아니라, 생전 처음 낯선 방에서 남자와 함께 밤을 보내야 한다는 사실이 형언하기 어려운 불안으로 또는 감미로움으로 뒤바뀌어 왔기 때문이었다.

침대에 걸터앉아 화난 사람처럼 담배만 피워 대던 그가 꽁초를 재떨이에 비벼 끄는 내 손을 와락 끌어당겼다.

나는 갑작스럽게 그의 가슴에 안기게 되었지만, 그것은 예상했던 일이므로 그리 놀라지는 않았다. 그는 거칠게 뜨거운 숨을 몰아쉬었고, 그 숨소리를 들으며 나는 정신이 아득해져 가고 있었다.

나의 가슴은 피아노의 건반이 되어 그의 손끝에 따라 황홀한 선율에 떨고 있었다.

신음이 새어 나오려는 나의 입술을 그의 뜨거운 입이 막아주었다.

나는 온몸의 피가 처음 역류하는 것 같은 내부의 뜨거움을 느끼고 있었다. 나는 그런 뜨거움이 목구멍까지 차올라 더 이상 견딜 수가 없었다.

바로 그 순간이었다.

벌떡 몸을 일으킨 그가 걱정스럽게 말했다.

"어디 아파? 열이 많은 것 같애."

"…."

나는 어이가 없었다.

"저런 병신…."

나는 속으로 그를 욕했다. 경양식집에서부터 그는 자꾸 '어디 아파' 소리만 되풀이하는 것이었다.

"아무래도 안 되겠어. 내가 요 앞에 가서 약을 사올 테니까 조금만 참아."

그는 벗어놓았던 양복 상의를 걸치고 허둥거리며 밖으로 나갔다.

생전 연애 한번 못 걸어 본 사람이라도 이럴 수는 없었다. 그 흔해 빠진 영화나 아니면 연애 소설 한 편도 그는 못 본 모양이었다.

잠시 후, 그는 활명수 한 병을 쥐고 들어왔다.

"자, 이걸 좀 먹어 봐. 체한 데는 활명수가 그만이야."

나는 활명수를 내미는 그의 얼굴을 쳐다보았다. 희멀건 그의 얼굴이 이때처럼 피곤하게 느껴졌던 적은 아직 한번도 없었다.

나는 그의 따귀를 힘껏 올려붙이고 영문을 몰라 멍청히 서 있는 그를 뒤로 두고 그 방을 걸어 나왔다.

"이유는 없어요."

나는 퍼뜩 머리를 쳐들고는 새침하게 대답했다.

어머니는 끌끌 혀를 차며 일어섰다.

그리고 이런 말을 방안에 떨어뜨려 놓고 나갔다.

"넌 언제 철이 들지…. 정말 너 때문에…. 이렇게 사람을 피곤하게…."

아, 그렇다. 그 남자와 결혼할 수 없는 아주 분명한 이유가 생각났다. 그것은 지금 내게 한 어머니의 말 그대로였다.

"엄마, 그래요. 그 남자 정말 피곤한 남자예요. 그 남자 언제 철이 들지…."

나는 이렇게 얘기하고 있었지만 이미 어머니는 방을 나간 후였다.

독 안에 든 쥐

며칠 전까지만 해도 '열 번 찍어 안 넘어가는 여자 없다'는 말이 쾌쾌 묵은 옛말이다 싶더니 오늘은 왠지 그 말이 백번 지당한 말씀같이 느껴지는 것이었다. 그녀가 함께 피서를 가자는 내 제의에 승낙을 하다니 참으로 희한한 일이었다. 정말 꿈만 같았다.

그동안 내가 제주도다 동해안이다 부산 해운대다 무주구천동이다 어디다 하고 실업자 주제에 전국의 유명한 피서지 이름을 다 들먹여도 묵묵부답이던 그녀가 '행낭섬을 아십니까? 그 섬은….' 이러저러하다고 말하자 꼭 한번 가보고 싶은 섬이라고 대답했기 때문이었다.

나는 이미 다 식어빠진 커피잔을 들어 커피를 한 모금 입에 물고 가만히 혀를 움직여 흥분으로 타는 입술을 적셨다. 그리고 자신에게 침착해야 한다고 수없이 타일렀다. 자칫 잘못하다간 꼬박 몇 달 동안 지성을 드린 것이 도로아미타불이 된다는 걸 나는 경험으로 터득해 알고 있었기 때문이었다.

뛰는 가슴을 지그시 누르며 나는 되도록 침착하게 말했다.

"미영 씨! 날짜는 언제로 잡을까요?"

"아무때나요."

그녀의 대답이 매우 짧다고 느끼기도 전에 그녀는 단서를 붙였다.

"단, 당일로 갔다올 수 있어야 돼요. 경기도니까 당일로 다녀올 수 있잖아요. 그렇지 않으면 갈 수 없어요."

이 말을 들으면서도 나는 놀라지 않았다. 왜냐하면 행낭섬을 알고 있었기 때문이었다. 경기도 최남단에 위치한 행낭채처럼 작은 이 섬은 행정구역상으로는 충남으로 되어 있지만, 갈 때는 평택으로 가는 것이 훨씬 빠르다고 내가 말했기 때문에 그녀도 당일로 운운하는 모양이지만 사실은 전혀 그렇지가 못했다.

"어떻게 하시겠어요?"

그녀의 질문에 나는 '물론 당일로 올 것을 약속합니다'라고 말하며 속으로 회심의 미소를 지었다.

행낭섬에만 들어가면 그 어느 누구도 완전히 외부로부터 차단된 상태가 됨을 나는 알고 있었다. 만호리에서 배가 들어오기 전까지는 한 달이고 두 달이고 밖으로 나올 수 없는 고립된 섬이었다. 그것이 내가 미영 씨가 눈치채지 못하게 갖고 있는 행낭섬에 대한 비밀의 열쇠였다.

나는 2년 전에 보았던, 만호리에서 행낭섬까지 통통배를 태워다줄 헤밍웨이를 닮은 뱃사공 노인과 행낭섬에서 1주일은 푹 쉴 수 있는 순이할멈집을 떠올렸다.

"수영복 외에 따로 준비할 건 없지요?"

물론 따로 준비할 것은 수영복 외에 없었다.

그녀는 실내 수영장을 다녀온다는 가벼운 기분으로 떠날 모양이지만, 그건 천만의 말씀이다. 분명히 얘기해서 나는 신혼여행을 앞당겨 떠난다는 기분으로 행낭섬을 갈 것이고, 또 그렇게 되어질 것임이 분명하기 때문이다. 그러나 어떻게 그렇게 대답할 수 있겠는가.

"물론입니다."

"그럼 내일 몇 시에 갔다 몇 시에 올 거예요?"

나는 문득 심한 갈증을 느꼈다. 다탁 위의 엽차잔을 들어 반쯤 남은 보리차를 목구멍에 털어 넣었다. 그리고 브리핑을 하듯 설명했다.

"서울에서 아침 6시에 출발하면 평택에 7시까지 도착됩니다. 평택에서 다시 만호리까지 가는 완행버스가 있는데 기다리는 시간까지 포함해서 1시간 정도 잡으면 충분합니다. 그리고 만호리에서 행낭섬까지는 통통배로 35분 정도 걸립니다. 그러니까 서울에서 행낭섬까지 가는데 소요되는 총 시간의 합계는 2시간 35분이 되는 셈입니다. 8시 35분에 행낭섬에 도착해서 아침을 먹고…."

내가 여기까지 얘기했을 때 그녀는 그다음 얘기는 듣지 않아도 된다는 듯 조용히 자리에서 일어서면서 말했다.

"알겠어요. 그럼 내일 아침 6시에 터미널에서 만나요."

그리고 그녀는 다방문을 밀고 나갔다.

다음날 6시부터 모든 건 예정대로 되어갔다.

우리는 6시에 터미널에서 만나 곧 평택행 고속버스를 탔고 7시가 조금 지나서 평택에 도착했다. 평택에서 만호리로 들어가는 완행버스로 바꿔 타면서 나는 시장기를 조금 느꼈지만 참기로 했다. 지금은 시장기 따위는 문제가 아니다. 문제는 만호리에서 헤밍웨이를 닮은 뱃사공 노인에게 우리를 행낭섬까지 데려다주고 나서 1주일 후에 데리러 와 줄 것을 은밀하게 부탁해야 할텐데 과연 눈치빠른 미영 씨가 모르게 그 말을 할 수 있는 기회가 있을는지 그것이 문제였다.

버스가 만호리에 도착하자 부둣가에서부터 불어오는 바닷바람엔 생선 비린내가 잔뜩 배어 있었다.

예상했던 대로 헤밍웨이를 닮은 노인은 2년 전과 똑같이 선술집에서 앉아 술을 마시는지 조는지 모를 그런 모습으로 있었다. 얼굴은 취기로 불콰해 있었고, 코는 주독이 올랐는지 새빨간 딸기 같았다.

나는 노인에게로 다가섰다. 노인은 나를 일별하고는 다시 그 자세로 돌아갔다. 노인은 2년 전의 나를 전혀 기억하고 있지 못한 것 같았다. 그때도 나는 어떤 여자를 이런 식으로 끌고 들어가 신혼여행을 가불한 적이 있지만, 그것은 이미 부도가 난 지 오래다.

"할아버지 지금 행낭섬까지 좀 태워다 주십시오."

나는 노인 앞에 왕복 뱃삯을 내놓고 나서 1주일 뒤 오후 2시에 배를 대 달라고 조용히 말했다. 내 말을 알아들었다는 듯이 노인은 고개를 한번 끄덕여 보이고는 주섬주섬 돈을 챙겨 베잠방이 속에 구겨놓고 일어섰다.

그때서야 나는, 노인이 혹시 말귀는 알아듣지만 말은 하지 못하는 후천적인 벙어리가 아닌가도 생각해 보았다. 그러고 보니 2년 전에도 나는 노인의 대답을 듣지 못했던 것 같다. 노인이 벙어리이건 아니건, 그게 지금 무슨 대수란 말인가. 내게 중요한 것은 아름다운 미영 씨의 날씬한 몸매가 오늘밤부터는 완전히 내 것이 된다는 사실뿐이다. 적어도 1주일 동안은.

뱃전에 부딪혀오는 파도 소리가 잠시 후에 듣게 될 미영 씨의 신음소리처럼 나를 현기증나게 했다.

미영 씨와 나를 행낭섬에 토해놓고 통통배는 술 취한 사람처럼 비틀거리며 돌아갔다.

이제 배가 오기로 약속한 1주일 후까지는 아무도 우리를 간섭하지 못할 것이다. 1주일 동안은. 아, 나는 너무 기쁜 나머지 손으로 나발을 만들어 '야호' 하고 소리치고 싶었다.

우리는 예정시간인 8시 35분에 섬의 순이할멈집에서 아침을 먹을 수도 있을 것 같았다. 나는 걸으면서 미영 씨의 손을 슬그머니 잡아보았다. 그녀도 싫어하는 내색을 하지 않았다. 2년 전이나 2년 후인 지금이나 섬은 조금도 변함이 없는 것 같았다. 순이할멈도 마찬가지였다. 길가로 난 안방문은 닫혀있지 않았지만 그 안을 들여다보기엔 앞마당에선 불가능했다. 나는 흠, 흠,

하고 인기척을 냈다. 그러자 순이할멈이 얼굴을 내밀고 나를 잠시 쳐다보더니 전쟁터에 나갔다가 죽지 않고 살아 돌아온 삼대 독자나 대하듯 무척 반가워했다.

“에고, 이게 누구야? 총각두 참 무심하우. 2년 전에 함께 왔던 색시가 예서 벌써 1년 반 동안이나 총각을 기다리고 있다우. 색시! 색시!”

순이할멈이 신들린 사람처럼 색시를 찾자 2년 전에 함께 왔던 그 여자가 갓난아이에게 젖을 물린 채 비쭉 방문 밖으로 얼굴을 내밀었다.

나는 별안간 하늘이 샛노랗게 변해감을 느꼈다. 어서 달아나야 한다고 생각했지만 그것은 생각뿐, 발은 철근처럼 굳어가고 있었다.

재벌 2세

미영이 친구들로부터 따돌림을 당하고 있는 이유가 자기 분수를 모르고 무한정 눈만 높다는 것 때문이었다.

옷이나 구두, 또는 핸드백이나 하다못해 손수건 한 장을 사더라도 그녀는 꼭 일류 백화점인 L상표 것만 찾았는데, 그것이 미영과 한 방에서 자취를 하고 있는 다른 두 명의 친구들에게는 못마땅하게 보였던 모양이었다.

쥐꼬리만 한 봉급을 타고 나면 우선 공동으로 부담하는 방세, 쌀값, 부식비, 수도세, 오물세, 연탄값 등을 제했다. 이리 떼고 저리 떼면 남은 것은 몇 푼 되지 않았지만, 친구들은 그 남은 돈으로 적금을 붓거나, 아니면 시골에서 농사를 지으며 동생들의 뒷바라지를 힘겹게 하고 계시는 부모님들에게 꼬박꼬박 부쳐드리고 있었다. 이건 친구들의 눈에 미영의 그런 사치스런 태도가 이해될 리 없었던 것은 지극히 당연한 일이었는지도 모른다.

"너랑 함께 자취 못하겠다."

재숙이나 은희의 이런 말들은 미영이가 그동안 식사 당번이나 청소 당번을 한번도 지켜본 적이 없다거나, 수없이 당하면서도 늘 미영이의 죽는소리에 돈을 꿔 주지 않을 수 없었던 데에도 이유가 있었던 것 같다.

그러나 미영의 생각은 달랐다.

미영은 가난이 지긋지긋했다. 그 지긋지긋한 가난에서 벗어날 수 있는 길은 돈 많은 남자 하나 물어서 결혼하는 길이고, 그런 남자들을 만나기 위해서는 L백화점이 제일 적합하다는 결론을 내린 것이다.

여자의 사회적 신분은 남편의 사회적, 경제적 신분을 따라간다고 굳게 믿고 있는 그녀에게 최근에 와서 아주 그럴듯한 남편감이 하나 나타난 것이었다.

그동안 L백화점을 이용했던 것은 그곳의 상표가 자신의 사회적 신분을 나타내 준다는 생각과, L상표의 제품을 지님으로써 남들에게 자신이 조금쯤은 고급스러워 보이게 하고 싶어서이기도 했지만 보다 중요했던 이유는 그런 곳에서 돈 많은 남편감을 언젠가는 만나리라는 막연한 기대감을 가지고 있었기 때문이었다.

모처럼 쉬는 날에도 다른 애들은 비좁은 방구석에서 잠만 처질러 잤지만 그녀는 피곤한 몸을 이끌고 L백화점으로 나가 매장을 돌면서 아이 쇼핑만을 하는 게 일이었다. 그러면 신비하게도 피곤이 가시곤 했다.

젊은 부부가 아이의 손목을 잡고 함께 쇼핑을 나온 모습을 볼 때마다 그녀는 그 젊은 부인의 모습을 눈여겨보곤 했다. 자신도 머지않아 장래에 꼭 저렇게 되리라고 생각하면서 그만큼 그녀는 얼굴과 몸매에 자신을 갖고 있었다. 얼굴과 몸매로만 시집을 갔다면 자신은 아마 진즉에 갔을 거라고 늘 생각해오곤 했다.

그날도 L백화점 매장을 다 돌고 백화점을 나오기 위해 에스컬레이터를 타고 내려오던 중이었다. 곁에서 말쑥한 신사복 차림의 젊은이가 눈으로 알은 채를 해왔다. 그리고 말했다.

"이 백화점이 단골이신 모양이죠? 안면이 많습니다."

그 말을 듣자 미영은 갑자기 가슴이 뛰기 시작했다. 아아, 드디어 기회가 왔다. 이 모처럼의 기회를 놓쳐서는 안 된다.

"네, 가끔 이용해요."

둘은 자연스럽게 백화점 밖으로 나왔다. 젊은이가 다시 물었다.

"방향이 어디십니까? 실례가 안 된다면 가시는 곳까지 모셔다 드리고 싶은데요."

미영이 구로동이라고 대답하려다가 순간적으로 구의동이라고 고쳐 대답했다. 자칫 자신의 신분이 노출될 것 같아서였다.

젊은이는 지하 주차장에서 자신의 외제 승용차를 몰고 나온 L백화점 종업원에게 만 원짜리를 꺼내 주며 종업원이 허리를 꺾고 열어주는 운전석으로 들어갔다. 종업원은 얼른 반대편으로 뛰어가 운전석 옆문을 열고는 다시 미영에게 허리를 꺾으며 공손하게 말했다.

"사모님 타시죠."

미영은 구름 위로 오르는 듯 황홀했다. 그날 구의동까지 가서 내린 후 미영은 다시 전철을 타고 가난에 찌든 냄새가 밴 자취방까지 돌아오면서도 마음은 몹시 들떠 있었다. 재벌 2세 같은 그 총각과 다음 주에 다시 만나기로 했기 때문이었다.

그런데 오늘이 바로 재벌 2세 같은 그 총각을 만나기로 한 날이었다. 미영은 정말 자기의 소원이 이루어지길 간절한 마음으로 기도했다.

그 재벌 2세와의 약속 장소로 나가기 위해 미영은 자신의 옷 중에서 가장 멋지고 품위 있는 옷과 구두와 핸드백으로 치장하고 택시를 잡아탔다.

차가 막히지 않아서인지 택시는 신호 대기에 한번도 걸리지 않고 곧장 달렸다. 미영은 자신의 인생도 그럴 것이라는 아름다운 환상을 가지면서 눈을 감았다. 미영이 탄 택시가 세종문화회관 앞에 도착한 것은 약속 시간보다 40분이나 이른 시간이었다. 미리 약속 장소인 커피숍에 들어가 있으면 재벌 2세에게 자칫 우습게 보일는지도 모른다는 생각이 들었다. 그래서 미영은 그 옆에 있는 지하 다방으로 들어가 수족관 옆에 자리하고 커피를 한 잔 주문했다. 열대어들이 헤엄치는 수족관 저편에서 사내들이 다투는 음성이 수족관 이쪽까지 들려왔다.

"임마 안 돼, 너 누구 모가지 당하는 거 볼라고 그러니?"

"형, 제발 좀 봐줘."

"이 차는 안 돼. 이제 곧 영감 태우고 공항으로 가야 돼. 세탁소에서 옷 빌려 입듯 아무 때나 이 차를 빌릴 수 있는 게 아냐, 임마. 지난번에는 영감이 제주도 갔을 때니까 그랬지만 이번엔 정말 안 돼."

"형 정말이라구. 나도 이제 기름때 묻은 정비사 노릇은 끝장 낼 수 있다구. 틀림없이 재벌의 딸이라구. L백화점 단골인데…. 내가 잘되면 형 은혜는 잊지 않는다구. 제발 한번만 좀 봐줘. 시간이 없다구."

"어쨌든 안 돼."

공항을 가야된다는 사내는 자리를 일어서서 카운터 쪽으로 걸어가고 뒤이어 그를 형이라고 부르던 사내도 일어서서 연신 시계를 들여다보면서 '형'을 불러댔다. 미영은 그 사내의 얼굴을 수족관 곁에서 훔쳐보다가 그만 숨이 칵 막히고 말았다. 그 사내는 미영이 재벌 2세로 믿고 있었던 바로 그 매너 좋은 총각이었기 때문이었다.

잠시 후, 미영은 다 식은 커피잔에서 가난에 찌든 자취방이 떠올랐지만, 오늘은 웬지 커피 맛이 다른 때와는 달리 제맛이 난다고 생각했다.

이유

프랑크푸르트 공항에서 저녁 7시에 출발한 한국행 루프트한자에 탑승한 그녀가 김포공항에 도착한 것은 다음날 오후 5시였다. 그러니까 그녀는 20시간 동안 잠 한숨 제대로 자지 못하고 내내 한 가지 생각에만 골몰해 있었던 셈인데, 그 한 가지 생각이란 자신을 서독으로부터 서울로 불러들이게 한 미스터 백의 살짝 곰보자국에 관해서인 것이다.

그녀가 미스터 백을 처음 만난 것은 1년 전 휴가를 맞아 귀국했을 때였다.

"이제 그만 나와서 결혼을 하거라."

과년한 딸을 가진 모든 부모가 그런 것처럼 어머니도 더 이상의 간호원 생활을 만류하셨다. 그녀가 몇 달 후면 끝나는 계약기간을 다시 연장할 뜻을 비치자 어머니는 그렇게 말씀하신 것이었다.

"네 나이도 생각해야지. 다시 2년을 더 있으면 그땐…."

어머니는 말씀을 흐렸지만 그다음 말을 훤히 알고 있었다. 그래서 서른한 살이 되고, 그러면 신랑감을 못 구한다는 거죠? 입속으로만 그렇게 말하며 그녀는 피식 웃었다.

"이번 휴가 땐 약혼이라도 하고 들어가야지 그렇잖으면 안 보낼 테니 그쯤 알거라."

어머니는 명함판 크기로 된 서너 장의 사진을 딸 앞에 늘어놓았다. 그녀는 사진은 거들떠보지도 않고 어머니에게 말했다.

"어머니가 사윗감으로 점찍고 있는 사람은 누구예요?"

너무도 단도직입적인 딸의 물음에 어머니는 잠시 멋쩍게 웃고는 방바닥에 늘어놓았던 사진 중에서 한 장을 집어 올렸다.

"내 생각엔 그래도 이 사람이 그중 낫더라. 네 삼촌이 이 사람의 뒷조사까지 마쳤는데 인물, 학벌, 가문, 직위, 여자관계 등 흠잡을 데가 하나도 없는 사람이다. 나이도 서른하나면 너와는 두 살 터울이니 적당할 것 같고, 한번 만나보겠니?"

딱히 정해놓은 혼처가 있는 것도 아니련만 서른이 다 된 딸이 도통 시집갈 꿈도 꾸지 않으니 답답하고 안타까운 것은 어머니뿐이었다.

"그러죠, 뭐."

의외로 간단한 딸의 대답을 듣고 어머니는 기뻤다. 그것이 외국물을 한 3년 먹고 사람이 달라져 나온 대답인지, 아니면 저도 이제 어쩔 수 없이 제 나이를 생각한 연후에 결혼의 급박함을 느끼고 나온 말인지는 모르겠으나 어쨌든 한사코 반대만 하던 맞선이라는 걸 딸이 보겠다니 그 이상 다행스러운 일이 어머니에겐 있을 수 없었다.

그렇게 해서 만난 사람이 미스터 백이었다. 미스터 백은 어머니의 말대로 흠잡을 데가 없는 것 같았다. 있다면 이마와 콧잔

등 사이에 있는 몇 개의 살짝곰보자국 정도였으나 그것은 별로 두드러지게 나타나지는 않았다. 그녀에게 있어 미스터 백은 대여섯 번 만나도록 더 좋아지지도 그렇다고 더 싫어지지도 않는 그런 평범한 남자였으나 어찌된 셈인지 미스터 백은 그녀에게 퐁당 빠져버린 모양이었다. 그녀의 출국 날짜가 가까워질수록 미스터 백은 조급하게 서둘러댔다.

"가기 전에 약혼식이라도 올리고 가는 게…."

그러나 그녀는 아무 소리도 하지 않았다. 그를 만나는 동안은 그럭저럭 서독 병실에 두고 온 환자나 기숙사 그녀 방에 갖춰놓은 스테레오 전축소리도 잊을 수 있었으나 출국 날짜가 가까워질수록 여권을 집어 내던질 만큼 미스터 백이 그녀에게 강렬한 어떤 의미를 지니지는 못한다고 판단했기 때문이었다.

출국 몇 시간 앞까지 미스터 백은 그녀 곁에서 약혼을 들먹거리며 끈질기게 붙잡고 늘어졌다.

"그렇다면 가서 한번 생각해 보겠어요."

"생각하는 것이 아니라 아주 짐을 정리하고 급히 돌아오서야 합니다."

그러나 그녀는 서독에 와서 그 문제를 생각해보지도 않았고, 짐도 정리하지 않았다.

그런데 미스터 백으로부터 사흘이 멀다하고 편지가 날아든 것이었다. 나중에는 '내 안중에 있는 살짝곰보자국 때문이냐'는 소리도 나오고 다음번 편지에는 '그것도 아니며 못 오는 이유를,

또는 나와 결혼할 수 없는 이유를 밝히라'는 억지도 부렸다. 그러다가 마지막 온 편지는 '내가 납득할 만한 이유가 없는 것으로 간주하고 다음 달 첫 주에 당신을 데리러 가겠다'는 내용이었다.

할 수 없이 그녀는 편지를 쓰기로 했다.

그러나 아무리 생각해봐도 그를 납득시킬 만한 이유는 찾아지지 않았다. 그녀는 펜을 팽개치고 비로소 미스터 백과 한 약속을 생각해 보기 시작했다. 그러나 마찬가지였다. 왠지 결혼한다는 것이 선뜻 마음에 내키지 않았다. 그녀는 밤마다 고민했고, 미스터 백이 서독으로 온다는 날짜는 점점 가까워지고 있었다.

그녀는 차츰 초조해지기 시작했다. 미스터 백에게서 온 편지를 다시 읽던 그녀는 문득 깨달음을 얻은 것 같았다. '내 안중에 있는 살짝 곰보자국….' 그렇다. 바로 그것 때문이었다. 그녀는 자신이 그와 결혼할 수 없었던 이유를 발견한 것 같았다. 그러나 그 이유를 발견하자 참으로 이상한 심경의 변화가 일어나고 있음에 그녀는 소스라치게 놀랐다.

문득, 그 살짝곰보자국에 정이 가는 것이었다. 그 곰보자국 하나하나에 자신을 향한 미스터 백의 성실하고 우직하고 저돌적인 사랑이 스며있다고 생각되더니 갑자기 미스터 백이, 아니 그의 곰보자국이 한없이 보고 싶은 충동이 일었다.

그녀는 서둘러 병원에 휴가원을 내고 한국행 비행기 표를 샀던 것이다.

공항에서 당장 택시를 타고 명동 입구까지 와서는 내렸다.

미스터 백과 가끔 들르던 '빅맨'의 문을 밀고 들어가서 진초록의 카페트 위로 쥬페의 경기병 서곡이 흐르고 있었나.

그녀는 카운터로 걸어가 수화기를 들고 다이얼을 돌렸다. 교환이 잠시 기다리라고 말한 후 곧 수화기 저쪽에서 미스터 백의 굵은 바리톤 음성이 들려왔다.

"전화 바꿨습니다."

"나예요."

그녀는 짧게 말하고 기다렸다. 수화기 저쪽에서 별안간 대포 터지는 소리가 들렸다.

"아아, 전화 주셨군요. 거기 어딥니까?"

고막이 터질 것같이 큰 미스터 백의 음성이 싫지 않았다. 그는 아마 국제 전화인 줄 알고 있는 모양이었다.

그녀는 속삭이듯 말했다.

"당신 회사 옆이에요. 빅맨."

"꼼짝 말고 기다려요. 뛰어갈게. 곧."

수화기를 함부로 내던졌는지 찍찍거리는 소음과 함께 그런 말들이 뒤죽박죽 들려왔다.

미스터 백은 정말 뛰어왔는지 어깨로 숨을 몰아쉬며 곧 그녀 앞에 나타났다. 그녀는 생글생글 웃으며 미스터 백의 얼굴을 쳐다보았다.

그런데…. 이상했다. 이마와 콧잔등 사이에 있어야 할 몇 개의 곰보자국이 보이지 않는 것이었다. 그녀가 그토록 보고싶어했고, 지구의 반 바퀴를 날아오면서 계속 생각했던 것도 그 곰보자국이었는데 그것이 지금 보이지 않는 것이었다.

그녀의 눈길을 의식했는지 미스터 백이 쑥스러운 듯 손을 들어 이마와 콧잔등 사이를 한번 쓰윽 문지르며 말했다.

"성형 수술을 해서 곰보자국을 없앴습니다."

그 말을 듣자 그녀는 머리가 아찔해지며 온몸의 힘이 스르르 풀어졌다.

"아니 어디가 불편하십니까?"

미스터 백의 당황한 목소리와 손길이 동시에 날아왔다.

그녀는 미스터 백의 손길이 어깨에 닿자 송충이라도 대하듯 흠칫 놀라며 그 손을 뿌리치고 자리에서 일어섰다.

"그만 가보겠어요. 지금 몹시 피곤해요."

그렇게 말한 후 그녀는 또박또박 출입구 쪽으로 걸어 나갔다.

잠시 후 미스터 백이 자리에서 엉거주춤 일어서며 물었다.

"무엇 때문입니까?"

그러나 그 말에 대답해 줄 그녀는 이미 출입구를 빠져나간 후였다.

예쁜 남자

그는 하루도 빠짐없이 미영의 약국엘 들렀다. 그렇다고 그가 무슨 약국에서 일수를 끊거나 또는 중증의 치료를 요하는 환자거나, 아니면 상습 마약범쯤 되는 것은 아니었다.

점심시간이 끝나갈 무렵이면 그는 늘 약국 유리문을 밀치고 들어와서는 이 약국에서는 그 약 한 가지 외에는 절대 다른 약은 판매하고 있지 않다는 듯, '영지 한 병 주십시오.'라고 말하는 것이었다.

처음에는 미영도 속으로 그를 가리켜 '원 거지 같은 사람 다 보겠군.' 하는 식으로 쉽게 생각했었으나 차츰 그 빈도수가 잦아지니까 오히려 미치겠다는 생각이 드는 것은 미영이 쪽이었다.

물론 약을 파는 약국의 업무이고 그가 사 가는 드링크제도 의약품인 것만은 분명하지만, 미영은 한 달이 지나면서부터 왠지 그가 갑자기 께름칙한 느낌이 드는 것이었다.

그의 회사가 약국 부근으로 이사를 왔다거나, 아니면 그가 한 달 전부터 약국 부근의 회사에 입사를 했거나, 그 두 가지 중의 어느 한 가지가 분명했다. 그렇지 않다면 이토록 자주 그를 만나지는 않았으리라는 것이 최근 미영이 갖게 된 생각이었다.

그가 찾는 드링크제는 언제나 영지 한 가지뿐이었다.

그런데 바로 어제의 일이었다.

그가 유리문을 밀치고 들어와서 찾은 것은 영지가 아니었다. 그 전 같으면 "영지 한 병 주십시오."라고 께름칙한 음성으로 말했을 텐데 그날은 그런 소리가 아니었다.

미영은 처음에는 그가 한 말을 잘못 들었는 줄 알고 멍청하게 서 있었다.

"인삼 한 병 주십시오."

미영은 꺼부죽한 그에게 반문했다.

"지금 뭐라고 그러셨어요?"

그는 한번 한 이야기를 다시 반복하는 것을 몹시 짜증스러워하는 것 같았다. 신경질적으로 그가 말했다.

"인삼 한 병 달라고 했습니다."

"영지가 아니고요?"

"인삼입니다."

그는 아주 단호하게 대답했다.

"그래도 그동안은 계속 영지만…."

마침내 그가 화를 냈다.

"아니, 이 약사님이 왜 이러시나? 남이야 영지를 마시든 인삼을 마시든 그게 도대체 무슨 관계가 있다고 그러십니까? 댁은 약이나 팔면 되지 않소?"

하긴 그가 한 말이 맞는 말이었다.

미영은 약이나 팔면 되었다. 환자가 약사를 믿고 감기약을 조제해 달라거나 증상을 의논해 온 것도 아니고 보면, 그의 말이 맞는 말이었다.

그러나 그에게 한번 닦달을 당하자 미영에게는 참으로 이상한 마음의 변화 하나가 슬그머니 찾아왔다.

그동안 그토록 꺼부죽하게 보이고 혐오스러워 보이던 그의 몰골도 갑자기 매력적으로 보이는 것이었다.

그녀는 아무 소리도 못하고 억지 미소를 지으며 인삼 한 병을 내밀고 물었다.

"회사가 이 부근에 있는 모양이지요? 선생님."

"…."

그는 그녀의 미소를 묵살하고 대답 대신 인삼병 뚜껑을 손에 쥐고 병에 든 내용물을 자신의 목구멍에다 들입다 쏟아부었다.

그리고 빈 병은 뚜껑을 닫더니 쓰레기통 속으로 집어 던지며 혼잣소리처럼 뭐라고 뭐라고 중얼거렸다. 아마도 그렇다는 말일는지도 몰랐고 아니라는 말일는지도 몰랐다. 생각 같아서는 그간 너무 일방적으로 오해만 했었던 것 같다고 그에게 사과라도 하고 싶었지만 그것은 어디까지나 생각뿐이었다.

정말 생각처럼만 모든 일이 되어진다면 세상사 걱정할 일이 무엇 있겠는가. 오늘 당장이라도 그와 점심이라도, 아니면 저녁이라도 한 끼니 정도는 함께 하고 싶었다.

그러면서 정중하게 사과도 하고 싶었고, 자칫 외모에 가리어진 예쁜 마음보는 법에 서툴렀던, 또는 사람을 그렇게 쉽게만 평가하려 들었던 자신의 잘못된 편견을 바로잡고도 싶었다.

그런데 그런 날이 의외로 빨리 미영에게 찾아와 주었다. 바로 오늘이었다. 점심시간이 되면서부터 계속 그를 기다리고 있는 자신을 발견하고는 속으로 쓴웃음이 나왔다. 점심시간이 거의 끝나갈 무렵에서야 그가 약국 문을 열고 가게로 들어섰다.

"인산 한 병 주십시오."

미영은 또 어제와 같은 실수를 반복하지 않기 위해서 인삼 드링크 한 병을 꺼내서 그에게 내밀며 엷은 미소만 지어보였다. 그래, 이제 당신을 단골손님으로 대할 것이다. 그리고 앞으로 몇 달 간 인삼을 더 먹는다 하더라도 영지 이야기를 하지 않을 것이며, 반대로 영지를 몇 달 간 더 마셔대도 인삼 이야기를 하지 않을 것이다. 뿐만 아니라 그 두 가지 외에는 어떤 약도 찾지 않는다 하더라도 그녀는 그를 변함없는 여느 단골처럼 생각할 터였다.

그리고 그의 회사가 약국 부근으로 이사를 왔든, 아니면 그가 약국 부근에 있는 회사에 새로 입사를 했든, 그런 것에는 앞으로 전혀 신경을 쓰지 않으리라고 그녀는 다시 한번 마음속으로 다짐했다.

바로 그때였다.

그가 먼저 기적처럼 입을 연 것은, 그러니까 그동안 줄곧 "영지 한 병 주십시오."라거나 "인삼 한 병 주십시오."라고 두 가지 드링크제를 달라는 말 외엔 그는 젊은 미영에게 전혀 사적인 관심을 보이지는 않아왔다는 얘기였다. 그런데 오늘은 달랐다. 바로 그 사적인 얘길 지금 그가 시작하고 있는 것이었다.

"약사님, 소문 들었습니다. 올드미스라는. 그런데 저는 이미 결혼한 사람이니 연이 안 닿는 줄 아시고, 앞으로 제발 그런 미소로 내 마음을 귀찮게 하거나 어지럽히지 마십시오."

미영은 멍하니 서 있었다.

그가 한 달 동안 내내 마셔대던 영지를 어느 날 느닷없이 인삼으로 바꿀 때보다도 당황스러운 일이었지만, 미영으로서는 그에게 뭐라고 달리 할 말이 없었기 때문이었다.

다만 그가 여자의 미소에 어떤 편견을 갖고 있다는 막연한 추측과 함께, 그가 겉모습과는 다르게 참으로 심성이 고운, 그리고 예쁜 남자라는 새로운 사실도 미영은 더불어 깨달았다.

짝사랑

내가 그녀를 마음속에 가두어 두고 남들이 눈치채지 못하게 혼자 속으로만 은근히 좋아해 온 것이 벌써 햇수로는 꽤 되는 셈이었다. 내가 그녀를 사랑한다는 것을 남들에게는 전혀 들키지 않도록 조심했었는데, 그것은 짝사랑이란, 범죄로 치자면 완전범죄에 해당되었기 때문에 흡사 공동 목욕탕 안에 들어가 앉아 오줌을 누는 일처럼 시침만 떼고 있으면, 그것은 아무에게도 눈치채이지 않는 일이었다.

내가 왜 남들이 눈치를 챌까봐 이토록 큰 신경을 쓰느냐 하면 그녀가 바로 내 친구 녀석의 애인이기 때문이었다.

한마디로 말하자면 나는 내 친구 김민우의 애인을 짝사랑하게 되어버린 것이었다. 나는 민우 녀석이 그녀를 만나는 날만 되면 그날은 하숙집에 돌아와서도 저녁밥이 도통 먹히지 않고, 책을 읽으려고 해도 문장을 자꾸 되짚어 읽어야 할 정도로 헷갈려서 그저 소주병이나 끼고 아슴아슴 떠오르는 그녀의 빼어난 미모와 육감적인 몸매로 밤새 고통을 받아야만 했다. 나는 그녀가 민우 녀석에게 당하지 않은 채 순결한 상태로 언제까지나 남아 있어 주었으면 하는 이루어질 수 없는 소망을 가슴에 품고 있었던 탓이었다.

내가 그녀를 처음 만난 것은 군대에서였는데, 그녀는 같은 내무반에 있는 김민우 상병의 면회를 온 적이 있었다. 그 후 그녀는 한번 더 면회를 왔었고, 김민우 상병은 만기 제대를 했었다. 나도 몇 달 후 제대를 했는데, 인연이라면 그것이 전부였다.

그런데 내게 제대 후 입사한 회사의 총무부서에서 나는 다시 김 상병, 아니 김민우를 기적적으로 만난 것이었다. 내가 그를 만나자마자 대뜸 결혼을 했느냐고 물은 것은 그녀에 대한 내 관심도를 나타낸 것에 다름 아니었다. 녀석은 아직 결혼을 못했다면서 껄껄 웃었다.

"그때 군대에서 면회 왔던 그 미인과는 아직 데이트 중이냐?"

고 묻자 그는 고개를 끄덕였다. 그래서인지 녀석은 가끔 그녀와 데이트 할 때면 나를 합석시켰고, 나와 그녀와는 이미 그녀가 군대에 민우의 면회를 왔을 때부터 눈에 익은 얼굴이어서 그렇게 어색할 것도 없는 터수였다. 그러던 어느 날이었다.

그날도 민우가 한참 열심히 일하고 있는 내게 다가서면서 내게 말했다.

"오늘 혜영이를 만나기로 했어. 나 먼저 나갈게."

"응, 그래?"

나는 무심한 척 대꾸하고 나서 벽시계를 쳐다보았다. 6시 30분이었다.

"오늘은 어딜 갈 건데?"

내가 그렇게 한번 슬쩍 물어보자 녀석은 즐거운 듯 나불거렸다.

"연극을 함께 보기로 했어. 19 그리고 80."

"그게 뭔데?"

"글쎄, 뭐라더라. 19세 소년과 80세 노파의 사랑 이야기라든가. 함께 갈래?"

나는 민우가 "함께 갈래?"라고 물었을 때 얼마나 가슴이 뛰었는지 모른다. 하지만 나는 이쯤에서 그만 빠져야 했다. 더 이상 꼬치꼬치 캐묻거나 따라갔다가는 자칫 녀석에게 내 가슴에 그녀를 가두어 두고 있는 상태를 눈치 채이게 할는지도 모를 일이었다. 그렇게 된다면 녀석은 내게 얼마나 깊고 큰 배신감을 느낄 것인가.

"알았어. 잘 다녀와."

나는 민우를 보내고 나서 손에 잡히지 않는 잔무를 대충 정리하고 시내버스로 퇴근하면서 다시 골치가 깨질 듯 아파왔다. 녀석이 그녀를 만날 때마다 한번씩 겪게 되는 일이었다. 그날도 나는 새벽녘까지 소주병을 끼고 혼자 고통스러워했다.

이튿날 하숙집 아주머니가 깨워주는 바람에 겨우 지각만은 면할 수 있었지만 뱃속은 엉망이었다. 출근하는 꺼부죽한 내 모습을 쳐다보며 녀석이 말했다.

"참 잘 된 연극인데 자네도 한번 가봐. 그 연극에 나오는 '모드'라는 여자를 자네도 아마 사랑할 수 있을 거야."

그러나 나는 연극의 내용 따위에는 전혀 관심이 없었고, 내가 사랑할 수 있을 거라는 '모드'라는 노파에 대해서는 별 관심이 없었다. 나는 오직 녀석이 그 연극을 본 이후 그녀와 어디를 함께 갔었는지가 솔직히 더 궁금했다.

그러나 그것을 곧바로 물을 수는 없었다. 나는 커피 자동판매기에서 커피를 두 잔 뽑아다가 녀석의 책상 위에 한 잔을 내밀고는 지나가는 말처럼 슬쩍 물어보았다.

"그래 어제 연극을 보고 어딜 갔었나?"

"어딜 가다니?"

녀석이 종이 커피잔을 들어 올리면서 반문했다.

"그럼 바로 헤어졌단 말야?"

내가 그렇게 묻자 녀석은 비로소 내 얼굴을 빤히 쳐다보더니 피식 웃었다.

"어제 드디어 호텔을 갔었단 말야. 강제로 호텔을."

그 말을 듣는 순간 나는 그만 눈앞이 아뜩해지면서 손에 쥐고 있던 커피잔을 바닥에 떨어뜨리고 말았다. 나는 녀석이 서둘러 젖은 마포로 닦아내는 타일바닥을 쳐다보면서, 그래도 아직 지워지지 않은 채 바닥에 남아 있는 커피 자국이 자꾸 그녀의 순결만 같아 가슴이 쓰려왔다. 나는 그날 하루를 어떻게 근무했는지 모를 정도로 계속 실수만 연발했다. 평소에 없었던 나의 그러한 행동에 녀석도 걱정스러웠던지 퇴근 후 근처의 조용한 카페로 나를 데리고 들어갔다.

"이봐, 자네 아직도 그 소심증을 못 버리고 있는가? 그래 혜영이와 내가 만나면 자네는 늘 속으로만 괴로워하더군. 왜 남자답게….”

승자만이 할, 뻔한 소리를 그는 지금 내게 하고 있는 중이었다. 녀석은 주문한 맥주가 나오자 내 잔 가득히 맥주를 따랐다. 그때 약속을 한 듯 혜영이가 카페의 문을 밀고 들어서면서 미소짓고 있었다.

“응, 이리와 앉아라.”

남자가 여자의 순결을 빼앗아 버리고 나면 저토록 뻔뻔스러워지는가 싶어 나는 속이 부글부글 끓어올랐다. 그 순간이었다.

“아직 말씀 안 드렸어요?”

“그래.”

“약속이 틀리잖아요.”

나는 도무지 무슨 영문인지 몰랐다.

“저희는 단 두 남매예요. 그래서 오빠와 함께 살 수 있는 조건이 맞는 신랑을 구하다 보니까…. 오빠가 먼저 그 사람을 완전히 알아야 된다고 하면서…. 만나보니 늘 이렇게 산통이 깨지는 거예요.”

그녀의 말을 듣는 순간, 나는 아찔한 현기증과 함께 가슴에 묻어 두었던 짝사랑이 뜨거운 용암이 되어 한꺼번에 분출하는 듯한 분노가 치솟아 올랐다.

대화와 수화

내가 아파트 단지의 부인네들 틈바구니에서 그녀를 발견한 것은 버스기사 노릇을 시작한 지 한 달이 가까워지는 어느 일요일 오후 3시쯤 되어서였다.

2단지 시계탑 앞에 정차해서 시너 명의 부인들을 태우고 막 문을 닫으려고 할 때였다.

버스 앞쪽에서 어떤 여자가 버스를 향해 쇼핑백을 흔들며 걸어오고 있는 모습이 눈에 들어왔다.

나는 그녀가 어서 뛰어와 주길 바랐지만 그녀는 여전히 걸음만 조금 빨리 옮겨 디딜 뿐 뛰는 것이 아니라 걷고 있었다.

나는 짜증이 왈칵 치솟았다.

(니미랄)

정말 이 짓도 못해 처먹을 짓이라고 속으로만 투덜거리면서 나는 버스에 오른 그녀의 얼굴을 백미러로 쳐다보았다. 상당히 낯익은 얼굴이라는 생각이 들다가 나는 깜짝 놀랐다.

소영素英, 바로 그녀였다.

반년 전, 중매쟁이 소개로 선을 본 후 우리는 한두 달 동안 열심히 만난 적이 있었다. 주로 그녀가 쉬는 일요일에 한번 꼴로 만나서 무드 있는 경양식집이나 음악감상실 또는 고궁을 싸돌아다녔었다. 그러나 우리의 데이트는 어이없이 끝나고 말았다. 그날도 덕수궁 돌담을 끼고 돌면서 개헌이 어떻고 외채가 어떻고 언론이 어떻고 한참 귀신 씨나락을 까먹다보니 문득 심한 갈증이 느껴졌다. 그래서 그녀에게 조심스럽게 물었다.

"저, 생맥주 한 잔 어떻습니까?"

"…."

그녀는 말없이 걷기만 했다.

우리는 어깨를 나란히 하고 광화문 지하도를 건너 세종문화회관 뒤쪽에 있는 생맥주집으로 들어섰다.

거기서 5백cc짜리 석 잔을 북어포 안주로 마시고 나온 것 외에 그날 내가 실수한 것이라곤 전혀 없었다. 있다면 늘 그랬듯이 그녀에게 계산을 슬그머니 떠넘긴 것밖엔 없는데 그것이 그녀로선 다른 날과 달리 매우 불쾌했던 모양이었다. 아니면 그런 불쾌감이 누적됐었는지도 혹 모를 일이었다.

그다음 주 일요일 저녁 나는 그녀와 만나기로 약속한 장소에서 무려 세 시간을 기다리다 지쳐 집으로 돌아왔다. 집에는 중매쟁이가 와 있었다. 형과 형수를 붙들고 한참 수다를 떨고 있는 중이었다.

"자기 말로는 김 선생이 다른 건 다 좋은데 실업자라는 게 좀 걸린다고 합니다. 나중에 어떤 자리라도 좋으니 취직한 다음에 다시 만났으면 하는데 글쎄…. 내 생각엔 일단 이 혼사는 깨진 걸로 보시는 게…."

하긴 그 말이 옳다. 실업자 주제에 남의 집 귀한 딸을 데려다 어쩌겠다는 것인지. 그것도 도둑놈 심보가 아니고 무엇이겠느냐 그러니 하루빨리 취직부터 해라. 넌 할 수 있다고 호통과 자기 암시를 겸한 형과 형수의 이중주가 백번 지당한 말씀 같기도 했다. 동생 하나 얹혀 있는 게 눈엣가시 같아서 앞뒤 생각없이 빨리 결혼이나 시켜서 내쫓으려고 중매쟁이를 불러들인 바로 그 사람들의 표리부동까지도 백번 지당한 태도같이 보였다.

역시 우리들은 서로의 침묵은 읽지 못했고 표현된 말은 잘 못 받아들이고 있었던 것이다. 어쩌면 그것이 우리들의 숙명인지도 모를 일이었다.

어쨌거나 나는 그날부터 신문의 구인 광고를 보고 결사적으로 뛰어다닌 끝에 겨우 하나 얻어걸린 것이 지금의 묘한 운전기사 직이었다.

하루 종일 아파트 단지만 운행하는 K상가의 무료버스 기사로 내가 취직이 확정되던 날 K상가 전무는 내게 마지막으로 이렇게 경고했다.

"쇼핑을 위해 이 차를 이용하는 승객은 모두 아파트 단지에 사는 여자들이야. 남자는 자네 혼자구. 그러니까 말썽의 소지는 늘 대화부터 비롯된다는 것을 명심하고 벙어리가 되어야 하네. 완전 벙어리가. 부인네들에게 쓸데없이 얘길 단 한 마디라도 지껄였다간 그 즉시 내게 그 내용이 보고될 것이고 그 시간부터 자넨 사표를 쓰게 될 것일세. 알겠나? 내 말을 부디 명심하게. 약속할 수 있겠나?"

나는 고개를 끄덕였다.

나보다 앞서 K상가 무료버스를 운행하던 많은 선배들의 해고 원인도 바로 전무의 이같은 경고를 무시했기 때문이라는 사실을 나는 알게 되었다.

한 달 동안 말 한마디 하지 않고 나는 정말 벙어리처럼 성실히 운전만 했다. 성실한 운전이래야 뭐 복잡한 도심을 교통순경을 피해 미꾸라지처럼 요리조리 빠져나가는 것도 아니고, 그렇다고 콩나물시루같이 승객을 많이 태우는 것도 아니고, 요금을 받는 것도 아니니 별로 힘들 것도 없었다. 그저 아파트 단지에 정해진 K상가 무료버스 운행코스 18군데만 돌면 되는 것이었다. 하루 종일 다람쥐 쳇바퀴 돌 듯 그 코스를 돌면서 쇼핑을 가기 위해 버스를 기다리고 있는 부인네들을 태우거나 또는 이미 K상가에서 쇼핑을 끝낸 부인들을 다시 그 장소에다 내려주기만 하면 되는 일이었다.

처음 나는 부인네들의 가벼운 몇 마디 질문에 그저 고개를 아래위로 끄덕여 보이거나, 좌우로 흔들어 보이거나, 또는 한번씩 씨익 하고 웃어 보이는 것으로써 전무의 명령을 충실히 지켜내고 있었지만 차츰 걷잡을 수 없는 회의 속으로 빠져들게 되었다. 고개의 끄덕임이나 흔듦, 또는 미소 등으로 인간이 나타낼 수 있는 의사표시에 어떤 한계를 느꼈기 때문이었다.

나는 거대한 벽에 부딪혀 절망하고 있었다. 정말 이렇게 살아도 산다고 말할 수 있는 것일까. 나는 말을 하고 싶었다. 대화를 하고 싶었다. 그러나 그것은 사표까지를 감수할 용기가 없이는 불가능한 일임을 나는 알고 있었다.

만약 내가 부인네들과 대화를 한다면 대화한 지 몇 시간도 안 되어 그것이 즉시 전무에게 보고될 것이고, 전무는 내게 경고했던 대로 사표를 쓰게 할 것이 분명했기 때문이었다. 그렇다고 해서 18코스 중 언제 어느 곳에서 타고 내리는 부인이 진짜 전무의 첩자인지에 대한 궁금증도 나는 갖지 않았다. 지금의 내게 있어 사표란 곧 생존권의 포기와 같았으므로.

그러다가 소영이를 만난 것이다. 그녀는 버스에 올라 우측 맨 앞좌석에 앉았다. 하필이면 내 옆얼굴을 가장 잘 볼 수 있는 위치에 그녀가 앉다니 정말 니미랄이었다.

내가 그녀를 한눈에 알아보았다고 해서 그녀까지 나를 한눈에 알아보라는 보장은 없다고 생각하면서도 나는 자꾸 오른쪽 빰이 근질거려 견딜 수가 없었다. 간혹 백미러를 통해 그녀를 훔쳐보면 그녀 역시 운전석에 앉은 채 내 옆얼굴을 뚫어져라 쳐다보다가 고개를 살래살래 흔들곤 했다. 아마 내가 자신과 만났던 김동호가 틀림없다는 확신이 서지 않는 모양이었다.

버스가 K상가에 도착해서 승객들이 다 내릴 때까지 운전석 뒷자리에 엉거주춤한 자세로 서서 그녀는 무슨 말인가를 하려고 잠시 머뭇거리다가 아무 소리 없이 그냥 내렸다. 내게 이런 일이 물론 처음은 아니었다. 전에도 몇 번 이와 비슷한 상황이 있었다. 그러나 그 상황들이란 할 일 없는 유부녀들의 노골적인, 또는 은밀한 데이트 신청들이었으므로 내가 그냥 묵살하면 거기서 끝나는 것들이었다. 그러나 소영은 달랐다. 쇼핑을 끝내고 돌아오는 버스에서도 그 자리에 앉아 계속 나를 쳐다보다가 시계탑 앞에서 내릴 때 그녀는 이렇게 물었던 것이다.

"저…. 실례지만 혹시 김동호 씨 아니세요?"

그녀의 질문에 나는 암담했다. 고개를 끄덕일 수도, 그렇다고 고개를 좌우로 흔들 수도 없었기 때문이었다. 나는 답답했다. 무슨 대답인가를 하긴 해야겠는데 그것이 발음이 되어 나와서는 안 된다는 강박관념 때문에 나는 땀을 흘렸다.

"그래 맞소. 내가 당신에게 실업자라는 이유로 딱지를 맞은 바로 그 김동호요!"

그러나 그 대답은 말이 아니라 손짓으로 표현되었다. 수화手話였다. 그녀가 실망한 듯한 표정으로 내린 후 다음 코스를 향해 버스가 움직이자 뒷좌석 어디쯤에선가 부인네들의 얘기소리가 들려왔다.

"저 총각 이제보니 진짜 벙어리로군요. 생기긴 멀쩡하게 생겨갖고 참 안됐구료. 쯧쯧."

두 집 살림

미영은 일어서서 초조한 마음으로 평온하게 잠든 남편의 얼굴을 내려다보다가 침대 아래 있는 받침대를 쭉 뽑아 거기 앉았다. 이곳에서 벌써 며칠 밤을 지냈던가.

얼마쯤 시간이 지나자 마취에서 깨어난 남편이 아내를 향해 물었다.

"여기가 어디지?"

미영은 너무도 반가웠다. 남편이 마취에서 깨어나지 못하고 영영 감은 눈을 뜨지 못할는지도 모른다는 불길한 예감에서 비로소 해방되었기 때문이었다.

아무리 의사가 머리를 열고 싶어 해도 보호자 승낙 없이는 환자의 머리 수술은 불가능한 일이니 절대적으로 허락해서는 안 된다는 것이 주위의 권고였다. 미영이 생각해봐도 그 말은 맞는 말 같았다.

담당 의사의 말로는 그깟 조직 검사쯤은 수술도 아니라고 말하지만, 의사의 그 말에 미영은 쉽게 동의할 수가 없었다. 왜냐하면 머리를 째고 뇌의 일부를 빼내는 것이 어떻게 수술이 아닌가 싶은 것이 미영의 생각이었다. 수술 중에서도 위험률이 가장 높은 수술이 아닌가 싶었다. 더욱이 수술 도중에 죽어도 의사나 병원 측에 항거하지 않겠다는 서약서에, 담당 의사의 그럴듯한 설명 한 마디에 시동생이나 올케가 별생각 없이 도장을 찍고 돌아간 후 미영은 혼자 한참 동안 후회를 하고 있던 참이었다. 멀쩡한 사람을 미영이 괜히 잡는 것이나 아닌가 싶어서였다.

오퍼상을 하던 남편이 얼마 전부터 가끔 머리가 아프다고 호소해 오더니 결국 회사에서 쓰러져 병원 응급실로 옮겨져 중환자실을 거쳐 이 병실로 오게 된 것이었다.

그동안 수십 가지의 검사를 했다. 뇌 단층을 촬영한 필름을 보니 우측 대뇌부에 달걀 크기만한 종양이 자리 잡고 있었다. 미영은 속으로 단단히 마음을 먹고 담당 의사의 얘기를 듣고 있었다. 이것이 바로 암이라는 것이구나. 그것도 뇌암이라니. 오퍼상을 한다고 몇 번의 부도를 딛고 올라선 남편이 갑자기 불쌍해졌다.

"부인께서 결정하십시오. 수술의 시기는 이왕 놓쳤으니 방사선으로 치료해보도록 하는 것이 어떻겠습니까?"

냉정한 의사의 말을 들으면서 미영은 눈물을 떨굴 수밖에 달리 방법이 없었다. 한 병실에 입원해 있는 총각 하나는 축농증을 수술하러 들어 왔다가 그것이 잘못되어 머리를 벌써 6번인가 열었다지 않는가. 그 총각은 한참 일 할 나이에 2년인가 3년인가를 아무 일도 하지 못하고 침대 위에 누워 지내면서 분노를 삭이고 있을 것이었다.

병실에는 6명의 환자가 좌우로 나뉘어 그만그만한 공간을 누리고 있었다. 출입문을 들어서면서 왼쪽 가운데가 남편의 침대였기 때문에 남편의 말이나 행동은 장기 입원환자들에게나 그들의 간병인들에게는 커다란 관심과 호기심을 주는 것 같았다.

미영이 대답했다.

"병원의 입원실인데, 아직도 생각이 안 나세요?"

남편은 기억을 더듬는 듯했다.

물론 미영은 남편과의 사이가 그리 좋은 것만은 아니었다. 왜냐하면 일에 미친 남편은 일주일이면 하루나 이틀 정도는 밖에서 자고 들어왔기 때문이었다. 밖에서 자고 들어오는 것이 잘못이라는 걸 남편이 모르고 있다는 데에 문제의 심각성이 있는 것이었다. 하긴 권태기가 와도 벌써 몇 번은 더 왔을 터였다. 결혼한 지도 오래되었고, 아이들도 다 키워 놓았으니 말이다.

무슨 생각이 들었던지 남편은 침대를 내려서며 실내화를 신으려고 했다. 미영이 얼른 다가가 붙잡자 남편은 말하는 것이었다.

"나 잠깐 집엘 좀 급히 가서 아내에게 할 말이 있어."

이게 무슨 뚱딴지같은 소리인가. 아내 앞에서 아내를 보러 집으로 가겠다니, 남편은 아직 마취에서 완전하게 깨어나지 않은 상태인 모양이었다. 그러자 미영에게 일주일에 하루나 이틀씩 남편이 외박을 해왔었다는 사실이 문득 상기 되면서, 어쩌면 남편이 그동안 일을 핑계 삼아 두 집 살림을 차려왔었는지도 모른다는, 여자만이 갖게 되는 충격적인 예감이 느껴졌다.

마취에서 아직 덜 깨어난 남편에게 미영은 물었다.

"여보, 내가 당신의 아내예요. 정신 차리세요."

그러자 남편은 미영을 향해 어처구니없게도 이렇게 말하는 것이었다.

"아냐, 넌 이성돈이야."

"아니라니까요. 제가 왜 이성돈 씨예요. 여보, 제발 좀 정신 차리세요. 네, 부탁이에요."

남편이 마취에서 깨어나면서 왜 이성돈 씨를 연상했는지는 매우 중요한 일이었다.

미영은 남편이 몇 년 전 이성돈 씨 때문에 겪어야 했던 사건의 전모를 모두 알고 있었기 때문에 잠재적으로 늘 그의 이름과 얼굴이 남편의 머릿속에 남아있었던 모양이라고 생각했지만 그래도 그렇지 여자를 남자로 보다니 도대체 이럴 수도 있는가 싶었다.

이성돈 씨 쇼크란 사업을 하는 남편이 어음을 담보로 해서 공증을 세우고 돈을 빌렸었는데, 약속 기일에서 하루도 더 못 참고 어음을 모두 은행에 넣어 남편에게 부도를 내게 했던 사건이었다.

미영은 남편을 침대에 붙들어 앉히면서 그런 생각을 해보았다.

"난, 이성돈 씨가 아니에요. 당신의 아내예요."

그러나 남편은 미영의 말을 믿어주는 눈치가 아니었다.

환자와 간병인들은 재미있다는 듯이 미영과 남편의 실랑이를 쳐다보고 있었다.

미영은 할 수 없이 하고 싶지는 않았지만 마지막 모험을 해보기로 하였다. 그것은 다른 것이 아니라, 지금 남편이 가고자 하는 집과 급하게 만나고 와야 할 아내는 누구인가를 알아내는 것이었다.

"집은 어디에 있죠? 그리고 아내의 이름은 무엇이에요?"

오피상으로 전화를 했다가 전화를 받은 여직원에게 꼬치꼬치 캐어물어 병실을 알아내 병문안을 오고야 마는 미끈미끈하게 빠진 미인들을 쳐다보면서 가뜩이나 주눅이 들어있던 미영은 남편의 직설적인 대답이 어떻게 나올지 점차 두려워졌다.

정말 괜한 질문을 한 것만 같았다.

남편은 망설이지 않고 미영의 질문에 대답하는 것이었다.

"집은 잠실에 있고, 내 아내는 미영입니다."

그 대답을 듣는 순간, 미영은 남편에게 두 집 살림을 차리고 있지 않나 하는 의심을 품었던 자체가 한없이 부끄러워 그냥 남편에게 쓰러지며 울음을 터트렸다.

"여보, 고마워요."

그러자 그때까지 두 사람의 대화에 촉각을 곤두세우고 있던 병실의 어떤 남자 간병인이 아쉽다는 듯 조그만 목소리로 투덜거렸다.

"서초동의 ○마담이 나왔더라면 저 친구 작살나는 건데…."

마지막 데이트

르노아르의 화집畫集을 뒤적이다가 미숙은 문득 영민이 떠올랐다.

정말 느닷없는 일이었다.

왜 르노아르의 화집에서 불쑥 영민의 얼굴이 튀어나왔는지 아무리 생각해 봐도 미숙은 이유를 알 수가 없었다.

영민에 대해 더 이상 생각한다는 것이 부질없고 피곤하다고 느끼자 미숙은 그만 화집을 덮고 창가로 걸어가 커튼을 젖혔다.

커튼을 젖히며 무의식적으로 그냥 창밖으로 내던진 두 눈이 시려왔다. 밖엔 언제부터 내리기 시작했는지 함박눈이 제법 쌓여 있었고, 쌓인 눈 위로는 계속해서 함박눈이 내리고 있었다.

시린 눈의 시력을 보호하기 위해서 미숙은 눈을 한번 질끈 감았다가 다시 떴다.

여태까지 눈 오는 걸 모르고 있었다니….

미숙은 그동안 르노아르와 영민에 대한 생각으로 소비한 시간이 아깝다고 생각했다. 그러자 퍼뜩 영민이 왜 튀어나왔는지를 알 수 있을 것 같았다. 그녀는 손목시계를 쳐다보고 서둘러 외출복으로 갈아입었다.

그렇다. 아깝다. 영민, 그와 깨끗이 헤어지지 않고서는 저 아름다운 눈을 바라보는 내 눈도, 새해를 맞이하는 내 가슴도 모든 것이 다 비어 있을 뿐이었다. 미숙은 그렇게 생각했다. 그녀가 방문을 열고 응접실로 나오자 조카들을 데리고 크리스마스트리를 만들고 있던 언니가 밝은 얼굴로 물었다.

"어딜 가니?"

"영민 씨에게."

"어제 만나고 그 새 또 보고 싶은 모양이구나."

"보고 싶긴. 흥! 영영 보지 않기 위해 절교를 선언하러 가는 거야."

그러나 미숙은 차마 그 말을 겉으로 발음해 내지는 못했다. 다만 속으로 그렇게 대꾸했을 뿐이다.

현관을 나올 때 언니가 말했다.

"오늘은 일찍 들어와라."

등 뒤에 눈송이처럼 얹히는 언니의 그 말을 털어 내기라도 하듯 미숙은 코트깃을 바로 세웠다.

오늘은 일찍 들어오지 말래도 일찍 들어올 참이었다.

미숙은 형부가 소개해 준 영민을 벌써 여섯 번째 만나 보았지만 '굉장히 유능한 젊은이'라는 형부의 말과는 반대로 '도대체가 싹수가 노란 젊은이'라는 생각이 들었다.

미숙은 그를 만났던 지난 여섯 번 모두를 기억하고 있다. 6시에 퇴근하는 그를 만나기 위해 미숙은 늘 5시쯤 해서 집을 나서

곤 했다. 그러나 그를 만나면 그는 '저녁 식사는 뭘 할까요?'라거나 '뭘 좋아하시는지….' 따위의 인사치레는 고사하고 만나자마자 대뜸 술집행이었다. '워낙 용기가 없는 친구여서 그게 좀 흠이다만….' 이라는 형부의 말도 있고 해서 처음 한두 번은 그의 용기를 북돋워 줄 양으로 아무 소리 안하고 따라가서 그의 술친구 노릇을 해주었더니 이젠 숫제 만나면 으레 가는 곳을 술집으로 정해놓은 모양이었다.

그는 늘 술집에 앉아서 진로 두 병에 파전 하나를 시켜놓고 술을 다 마셔야만 일어섰는데, 시간은 꼭 11시가 되어서였다.

그는 술에 취해 딴엔 열을 내어 인류가 어떻고 우주가 저떻고 떠들어대곤 했지만, 배가 고프고 자꾸 시계만 봐지는 미숙에겐 그게 도대체 무슨 씨나락 까먹는 소리인지 도통 알아먹을 수가 없는 것이었다. 둘은 술집에 나오자마자 서로 그는 하숙집으로 미숙은 언니집으로 가는 막차를 타기 위해 서둘러 반대 방향으로 달려갔다.

그러니 말이 데이트지 미숙으로서는 정작 데이트다운 데이트는 한번도 못 해본 셈이었다.

그가 잘 들어갔는지 못 들어갔는지에 대해선 도통 신경을 쓸 겨를이 없을 만큼 미숙은 모든 게 그저 짜증스럽기만 했다. 12시가 임박해서 언니나 형부의 곤한 잠을 깨울 수밖에 없는 것이 그렇고, 문을 따주자마자 언니와 형부의 눈치를 피해 자기 방으로 들어가 이불을 뒤집어쓰고 나면 저녁을 고스란히 굶은 뱃속의 꾸르륵 소리가 그렇고, 다음 날 아침 출근하는 형부의 입에서 튀어나오는 '처제, 요즘 재미가 좋은 모양이야.' 어쩌구 하는 농담이 또한 그렇다.

한번은 하도 배가 고파서 언니 몰래 도둑고양이처럼 부엌에 들어가 저녁을 훔쳐 먹다가 들킨 일도 있어 언니로부터 '영민씨가 안 사주든?' 하는 비웃음을 당했던 적이 있는 터라 미숙은 결국 그와 헤어지는 것만이 가장 좋은 방법이라고 생각했던 것이다.

그리고 새해엔 뭔가 달라져야겠다고 스스로에게 굳게 다짐했던 것이었다.

미숙이 그와 만나던 지하다방에 들어가서 그에게 전화를 걸자 그는 곧 내려왔다.

그는 자리에 앉으며 서둘러 커피를 시켜 후르륵 마셔버리고 훌쩍 일어서서 술집으로 나가던 태도와는 딴판으로 매우 심각한 표정으로 의자에 앉아 담배만 피워 대고 있었다.

술집으로 가려할 때 보기 좋게 '이젠 당신 같은 술꾼과는 절교예요!'라는 말을 쏘아붙이고 돌아서려 했던 미숙은 그의 뜻하지 않은 행동에 자못 놀라지 않을 수 없었다. 그래서 '회사에 무슨 일이 있어요?'라고 물어보았지만 그는 '아닙니다.'라고 짧게 대답하고 또 내처 말없이 앉아만 있는 것이었다.

그렇게 한 30분이 지났을까. 그가 무겁게 입을 열었다.

"나가지요. 오늘은 눈도 오는데 좀 걸으면서 얘기합시다."

의외였다. 미숙은 그에게 이런 면도 있는가 싶을 정도로 놀랐다. 준비해 갔던 절교선언은 함박눈처럼 허공에서 흩날려졌다.

둘은 함박눈을 맞으며 걸었다. 종로에서 인사동 골목을 지나 한국일보 앞으로 해서 사직공원까지 걸었다.

사직공원의 벤치에 쌓인 눈을 손으로 쓸어주며 그가 미숙에게 자리를 권했다. 미숙이 벤치에 앉자 그도 곁에 바싹 붙어 앉았다. 그리고 한동안 입을 다물고 있던 그가 입을 열었다.

"실은 미숙 씨가 오기 전에 회사로 동창 녀석이 하나 찾아왔었습니다."

미숙은 무슨 사고가 생겼구나 싶은 예감에 흠찔 놀랐다.

"그 녀석의 부인이 수술을 받는데 수술 보증금이 없다는 겁니다. 그래서…."

미숙은 답답했다.

"그래서요?"

"갖고 있던 돈을 모두 털어 줘 버렸지요."

미숙은 순간 그의 얼굴을 쳐다보았다. 그가 마른침을 꼴깍 삼킨 후 이렇게 말했기 때문이었다.

"…. 그러니 돈이 없고 돈이 없으니 갈 데가 없습니다. 미숙 씨, 혹시 돈 갖고 있는 게 있으면 오늘 진로 한 병만 사 주십시오."

| 제 2 장 |

분위기 있는 여자

순결한 입술

'여자는 외출할 때나 집에 있을 때나 늘 화장을 한다. 이것은 상식이다.

집에 있을 때보다 외출할 때는 얼굴에 더 정성을 쏟는다. 이것도 상식이다.

여자가 거울 앞에 앉아 얼마큼 정성을 쏟느냐에 따라 그 여자의 얼굴은 변하기 마련이다. 아름답게도 변하고, 매력적으로 변하고….

하루에 최소한 한두 시간이라도 화장하는 데 노력을 기울이지 않는 여자치고 남자에게 제대로 사랑을 받아보겠다는 마음을 가진 여자는 아마 없으리라. 만약 그런 여자가 있다면 그 여자는 도둑놈 심보를 가진 여자가 틀림없을 것이다.'

여성지에 나온 이 같은 모 대학 교수의 칼럼을 읽으며 미영은 속으로 피식- 하고 코웃음을 흘렸다.

미영 자신이 도둑놈 심보를 가진 여자 같다고 느껴서는 결코 아니었다. 미영의 풋풋하고 싱그러운 젊음이 화장을 한 것보다 훨씬 더 아름답고 매력적이며 개성적으로 느껴질 수도 있다고 믿었고 또 실제로도 그랬다. 미스코리아 선발대회에 나가는 미인은 거의 다 미장원 거울 앞에서 만들어지는 미인이지, 미영이처럼 한눈에 자연적인 매력을 발산하는 경우란 극히 드물었다.

물론 훗날 미영 자신도 나이를 먹으면 어쩔 수 없이 신축성이 없어지는 피부나 얼굴에 수없이 생겨나는 주름살을 지우기 위해 화장을 할는지는 모르지만 아직은 아니었다. 미영은 어떤 색깔의 루즈도 칠해 본 적이 없는 아주 순결한 입술을 갖고 있었다.

그런 미영이 어느 날 선을 보았다.

그날은 아침부터 이모가 와서 더 서둘러댔다. 친구의 아들인데 의대를 졸업하고 군복무도 군의관으로 마치고, 지금은 종합병원에서 아직은 레지던트로 근무하고 있지만 꽤 유능한 외과의사가 곧 될 것이라고 말했다.

늘 입던 대로 바지 차림으로 나서려 하자 이모는 기겁을 했다.

"아니, 얘가? 너 지금 정신이 있는 거니 없는 거니. 선보러 나가는데 바지 입고 미장원도 안 들렀다 가려면 그 선은 보나마나 뻔한 것이 아니겠니?"

어쩌구 하며 계절에 어울린다며 지난번 생일에 자기가 선물한 나뭇잎 무늬가 있는 쥐색 원피스를 억지로 입게 하고, 미장원 갈 시간이 없다면서 그냥 거울 앞에 앉히고 화장품을 찾기에 없다고 하니까, 이모는 요즘 세상에 화장품 한 가지도 없는 여자가 있다니, 너무도 놀랍다는 표정을 지어 보였다. 그러더니 핸드백에서 화장품 몇 가지를 꺼내 놓았다.

이모가 화장을 시켜준 미영의 모습이 거울 속에 아름답게 비쳤다. 미장원에서 만들어지는 미스코리아처럼 미영은 자꾸 자신의 얼굴이 낯설게만 느껴졌다.

이모는 친구의 아들이라는 사내와 만나기로 약속한 장소로 승용차를 몰고 가면서 미영에게 몇 가지 주의를 주었다.

"그 사람이 뭘 묻거든 다소곳한 자세로 대답만 해야 한다. 엄마는 3년 전에 돌아가셨고, 아버지는 공무원이고, 넌 무남독녀고, 물론 그 사람도 그만한 정보쯤은 갖고 나올 테지만 말이다. 그 사람이 워낙 바빠서 점심시간에 잠깐 만나보는 거란다."

약속 시간에서 15분이 지나자 출입문으로 들어서는 사내를 미리 알아보고 이모는 손을 번쩍 치켜들었다. 그가 다가와 건너편에 앉으며 죄송하다고 말했지만 전혀 죄송해하는 표정이 아니었다.

두 사람은 반가운 듯 얘기하다가 문득 생각난 듯 미영을 소개했다. 그리고 이모는 바로 일어서는 것이었다. 중요한 약속 운운했지만, 니들끼리 알아서 해보라는 뜻이었다. 이모가 화장을 시켜준 덕분에 미영은 오늘 상식도 없는 여자는 되지 않았다. 그러나 미영은 승용차 안에서 이모가 해준 주의를 뒤집어엎었다. 미영은 이모가 나가자마자 그 사내에게 심문하듯 물었다.

"연애해 보셨어요?"

사내는 그녀의 느닷없는 질문에 뒤통수를 한 대 얻어맞은 기분이었다. 사내는 뒤통수를 긁적거리며 대답했다.

"네, 해본 적이 있습니다."

"키스는 몇 번이나 했어요?"

"글쎄요. 한 서너 번 정도…."

사내는 자존심을 꾹꾹 눌러 앉히며 미영 쪽을 건너다보았다. 그러자 그녀가 오히려 벌떡 자리에서 일어나면서 사내에게 말하는 것이었다.

"괜한 시간을 빼앗은 것 같군요. 여자의 순결한 입술을 빼앗은 것도 제대로 기억해 내지 못하는 남자와 연애할 생각은 없습니다. 함께 식사할 생각은 더더욱 없고요."

지상에서 가장 아름다운 눈빛

미영은 요즘 들어 출퇴근 시간이 매우 고통스러웠다. 그것은 7월 들어 시작된 본격적인 더위 탓도 있었지만, 며칠 전부터 수상쩍은 어떤 사내의 뜨거운 눈길 하나가 자신의 온몸에 끈적끈적하게 달라붙고 있음을 직접 느꼈기 때문이었다.

더위가 심해질수록 노출이 심해지는 거야 어쩔 수 없는 일이라고 하겠지만 에어컨 시설이 안 된 무더운 사무실에서 비지땀을 흘려가며 타이프라이터 키를 두들겨대고 있는 미영으로서는 동료직원들의 노출이 심한 옷차림을 볼 때마다 너무 '야하다'는 생각이 들었다. 물론 그런 생각이 드는 것은 미영이의 부모님이 모두 지나치게 보수적이어서도 아니고, 미영이 스스로가 자신의 몸매에 대해 지나치게 자신감이 없어 하기 때문만도 결코 아니었다.

몸매라면 사실 어디에다 내놓아도 결코 빠질 몸매는 아니라고 미영은 가끔 거울 앞에서 옷을 벗고 혼자 생각해 보는 것이었다.

사흘 전의 출근 시간이었다.

잠실에서 광화문으로 가는 14번 버스의 앞쪽에 서 있는데 갑자기 목덜미께가 끈적끈적해지는 것이었다.

미영은 급하게 왼쪽으로 고개를 돌려보았다. 아니나 다를까 거기 웬 사내가 수상한 눈길로 자신의 목덜미께를 탐욕스럽게 핥고 있었다. 기분이 나빠서 미영은 얼른 고개를 돌려버렸다.

그러나 그 눈빛은 잊을 수가 없었다. 하루 온종일 사무실의 무더위도 그 눈빛 때문일 거라는 얼토당토않은 생각까지 들 정도였다. 그만큼 그 눈빛은 지독한 불쾌감을 유발시키는 눈빛이었다.

어제도 출근 시간에 그 소름끼치는 눈빛을 만났다.

사흘 전과 다른 점이 있었다면 미영이 핸드백을 열어 손수건을 꺼냈고, 그 손수건으로 자신의 목덜미께에 묻어 있는 징그러운 사내의 끈적끈적한 눈길을 닦아냈을 뿐이었다.

하긴 그 사내의 끈적끈적한 눈길이 아니더라도 버스 안은 이미 사람들의 몸에서 발산되는 열기 때문에 찜통처럼 뜨거워져 있었다. 창문을 있는 대로 모두 열어 놓았어도 콩나물시루처럼 빽빽하게 들어찬 버스 안은 이만저만 더운 것이 아니었다. 고작해야 창문 바로 옆에 붙어 서 있는 사람들에게만 몇 점 시원한 바람을 전해줄 뿐 버스 안은 지독히 더웠고, 사람들은 저마다 손수건을 꺼내 흐르는 땀방울을 닦아내고 있었다. 그것은 어쩌면 지극히 당연한 일이었는지도 모를 일이었다.

그런데 오늘 아침의 일이었다.

지금까지와는 다르게 그 사내의 눈빛은 멀찍하니 있는 것이 아니라 바로 미영의 등 뒤에 바짝 붙어 서 있는 것이었다.

미영은 그 사내가 등 뒤에서 무슨 짓을 할는지 몰라 여간 불안하고 초조한 것이 아니었다.

목줄기에만 흐르던 땀이 젖가슴도 타고 내렸고, 등줄기에도 촉촉하게 흘러내렸다. 미영은 자꾸 신경이 쓰였지만 의식적으로 뒤쪽을 쳐다보지 않았다. 등 뒤를 쳐다본다고 하는 것은 그 사내의 눈빛을 의식하고 있다는 고백이나 다름없기 때문이었다.

너무 긴장했던 탓이었을까, 아니면 버스가 종점에 다 와서 급정거를 했기 때문이었을까. 흐르는 물줄기의 땀을 닦다가 미영은 그만 손수건을 버스 바닥에 떨어뜨리고 말았다. 떨어진 손수건을 집으려고 허리를 굽힌 바로 그 순간이었다. 히프 쪽으로 무언가 묵직한 것이 와 닿았다. 미영은 직감적으로 지금 자신의 몸에 와 닿은 것이 무엇인지를 얼핏 깨닫고는 정신이 아뜩했다.

서둘러 버스에서 뛰어내린 미영의 손에는 버스 안에서 주운, 구둣발이 사정없이 짓밟혀 더러워질 대로 더러워진 손수건 한 장이 쥐어져 있었다. 미영은 그 손수건을 핸드백 속에 집어넣고 종로2가에 있는 자신의 사무실(에어컨 시설도 제대로 안 된)을 향해 바쁜 걸음을 옮겼다.

그런데 아무래도 뒤통수가 이상했다. 또 예의 그 끈적끈적한 눈빛이 뒤따라오는 것 같은 느낌이 들었다. 뒤를 돌아보자 아니나 다를까 그 사내가 게슴츠레하고 끈적끈적한 눈길을 하고 자신을 미행하고 있는 중이었다.

미영은 그 눈빛의 미행을 소리치고 싶었지만, 길거리에서 소리를 친다는 것이 부끄럽기도 했고, 도대체 이런 경우 그 사내가 어떤 죄목에 해당하는가도 정확히 알지 못했다. 뿐만 아니라 유부남이 분명한 그 사내가 지금 미영이를 미행하는 것이 아니라 어쩌면 그녀와 우연하게도 같은 방향일 수도 있다는 데에 생각이 미치자 그녀는 다시 생각을 고쳐먹었다.

그러나 미영이의 마지막 기대도 아랑곳없이 사내는 그녀의 뒤를 밟고 있었다. 왜냐하면 종로2가에서 골목을 한번 꺾어 돌았고, 미영의 허름한 사무실이 있는 방향으로 가기 위해서는 다시 두 번째 골목을 꺾어 돌아야만 했는데도 사내는 계속 그녀의 뒤를 쫓아 왔기 때문이었다.

걷는 것이 아니라 미영은 숫제 뛰다시피 해서 회사 있는 건물 입구까지 와서 가쁜 숨을 어깨로 몰아쉬며 뒤를 쳐다보았다. 등 뒤에는 언제 쫓아왔는지 사내가 우두커니 서서 말했다.

"웬만하면 그냥 가려고도 생각했었는데, 어쩔 수 없이 쫓아왔습니다."

미영은 갑자기 골치가 지끈지끈 아파왔다. 사내의 이야기가 도대체 무슨 말을 하는지를 정확히 알 수 없었기 때문이었다. 사내가 다시 말을 이었다.

"아내가 정성껏 수를 놓은 손수건만 아니라면 까짓 포기해버릴 수도 있었습니다. 어서 제 손수건을 주십시오!"

사내의 손에는 깨끗한 손수건이 한 장 쥐어져 있었다. 그것을 보는 순간 미영은 뭔가 쇠망치로 뒤통수를 한 대 얻어맞은 것처럼 아찔한 현기증을 느꼈다. 급히 핸드백을 열고 손수건을 꺼내 보았다. 그렇다. 떨어뜨리자마자 주워들은 자신의 손수건이 이렇게 구둣발에 함부로 짓밟혀 있을 리는 없었다.

미영은 사내의 눈빛을 다시 천천히 들여다보았다. 그동안 끈적끈적하다고 생각되었던 사내의 눈빛이 갑자기 지상에서 가장 때 묻지 않은 아름답고 매혹적인 눈빛 같다는 느낌이 들었기 때문이다.

분위기 있는 여자

K그룹 신입 사원 오미애는 보름 동안 남녀 직원 12명이 함께 받은 오리엔테이션이 끝날 때 속으로 간절히 빌었었다 '입사 동기인 김진호 씨와 제발 같은 부서에서 근무하게 해주세요'라고. 보름 동안 지켜본 김진호 씨는 수석으로 입사한 사람답게 총명했고, 얼굴도 핸섬했으며, 체격 또한 쓸데없는 군살이 전혀 붙지 않은 늘씬한 모습이었다.

물론 김진호 씨에게는 아직 애인이 없다는 사실도 미애는 확인해 두었었다. 만약 이번 신입사원 중에서 미애더러 한 명의 신랑감을 구하라면 그녀는 단연 김진호, 그 사람을 택했을 것이다. 그는 대학 재학 중에 이미 군대를 갔다 왔으니 미애가 3년을 더 기다릴 필요도 없었고, 그가 다시 복학해서도 졸업할 때까지 줄곧 성적 장학금을 받았었다니 공부 한 가지에만 열과 성을 다 바쳤을 터이니 언제 연애할 틈이 있었겠느냐는 것이 미애의 생각이었다. 그런데 불행하게도 김진호 씨는 영업부로, 미애 자신은 총무과로 각각 발령이 난 것이었다.

미애는 다른 것은 몰라도 미모나 몸매만은 다른 사람들에 비해 절대로 뒤떨어지지 않는다고 생각했다. 그만큼 자신이 있었던 것이다.

새로운 부서로 발령을 받고 미애는 지난 1개월간을 어떻게 보냈는지도 모를 정도로 바쁘게 지냈다. 물론 새로운 일을 배우느라고도 그랬지만, 다른 부서는 일이 끝나도 총무부는 늘 잔업이 남아 있었기 때문이었다. 퇴근해서 만원 버스에 시달리며 집에 들어가면 미애는 늘 파김치가 될 정도로 피곤했다. 그런데 어느 날 그 피곤이 싹 가시는 말을 들었다.

바로 한 달에 20일이 잔업인 총무부의 그 잔업이 끝나고 난 이튿날 퇴근 무렵 윤 차장이 한 말 때문이었다. 한잔하러 가자는 말에 미애는 적당한 핑계를 대면서 사양하자 윤 차장은 그렇게 말했던 것이다.

“오미애 씨는 말야, 다른 건 다 좋은데, 뭐랄까, 분위기가 좀 없는 것 같애.”

아니 그럼 말만한 처녀가 남자 사원들과 어울려 술집이나 따라다니며 술 취한 모습이나 보이는 것이 분위기가 있는 여자라면, 미애는 그런 분위기쯤은 아예 없는 게 좋다는 생각을 했던 것이다.

더욱이 영업부의 김진호 씨에게 자신의 그런 소문은 곧 흘러 들어갈텐데 그렇게 되는 날이면 지금까지의 관계-라고 해봤자 뭐 미애 쪽에서의 일방적인 짝사랑일는지도 모르지만-가 끝나고 마는 것일 터였다.

그런데 소문은 역으로 흘러 들어왔다. 영업부의 김진호 씨에게 애인이 생겼다는 소문이었다.

그 말은 입사 동기인 비서실의 은희가 점심시간에 내려와 귀띔해 주었던 것이다.

"미스 오, 소문 들었어? 영업부 김진호 씨 알지? 그 사람에게 애인이 생겼대."

그 말을 전하는 은희도 속으론 김진호 씨를 짝사랑해 왔었는지도 모를 일이었다. 어쨌거나 그 말을 듣는 순간 미애는 가슴이 '철렁'하고 내려앉는 소리를 들었다.

미애는 자존심 때문에 은희 앞에서 내색은 할 수 없고, 그저 시큰둥한 듯 물었다.

"김진호 씨 애인이 누구래?"

"제이J라는 카페를 경영하는 젊은 여주인이래."

"카페 제이."

그러고 보니까 제이라는 카페는 동료 남자직원들이 자주 들락거리는 곳인 모양이었다. 점심때나 퇴근 무렵, 또는 이튿날 출근해서 그들이 하는 말들을 미애는 가끔 들었던 기억이 났다. 그들이 한 말들, 그러니까 미애가 가끔 들었던 카페 제이의 젊은 여주인을 가리킨 말들을 종합해 보면 미인이라거나, 교양미가 넘친다거나 또는 품위가 있다거나 고상하다거나 우아하다거나 하는 등등의 말이었다. 물론 섹시하다는 말도 들었고 멋이 있다는 말도 들었다. 그러나 그 멋이 저급하지 않다는 데는 의문이 생겼다. 도대체 저급하지 않은 멋이란 어떤 것일까. 미애는 이것저것 궁금하지 않을 수가 없었다.

"카페 제이가 어디쯤 있는데?"

"두 블록밖에 안 돼. 우리 회사 남자 사원들이 주로 그곳에 단골로 드나드는데 미스 오는 안 가봤어? 제일 빌딩에서 오른쪽으로…."

그날 조퇴를 하고 미애는 입사 동기인 은희가 알려준 대로 제일 빌딩을 오른쪽으로 돌아 카페 J를 찾아갔다.

카페 J는 들어서자마자 '아담하다'는 느낌을 주는 10평 미만의 조그만 장소였는데 낮에는 커피, 밤에는 칵테일과 맥주를 파는 곳이었다. 한마디로 샐러리맨들이 부담 없이 마실 수 있는 곳이었다.

주인 여자는 아직 나오지 않았고, 아르바이트 여학생인 듯한 아가씨 하나가 주문을 받으러 왔다.

미애가 커피를 한 잔 주문했더니 밤에는 커피는 팔지 않는다고 아르바이트 여학생은 말했다. 할 수 없이 미애는 버드와이저라는 병맥주를 한 병 주문했다.

주인 여자가 J에 나타난 것은 미애가 버드와이저라는 술을 두 병째 주문했을 때였다.

미애의 자리는 카운터에서 가장 가까운 자리였으므로 주인 여자를 관찰하기에는 아주 적당한 곳이었다. 주인 여자는 정말 소문대로 예뻤고, 나이도 갓 대학을 졸업한 미애의 나이 또래밖에는 안 될 것 같았다.

주인 여자는 핸드백에서 담배 한 개비를 꺼내 주황색 루즈가

진하게 칠해진 입술에 물고는 라이터를 켜서 불을 붙였다. 그리고 길게 연기를 한 모금 빨아서 허공을 향해 내뿜었다. 저 루스 색깔이 남자들에게는 주인 여자를 섹시하게 보이게 하는 것일는지도 모른다고 미애는 생각했다.

회사의 퇴근 시간이 가까웠다. 미애는 서둘러 일어섰다. 괜히 이런 곳에서 회사의 남자 동료들이나 김진호 씨를 맞닥뜨리고 싶지는 않았다.

이튿날 미애는 용기를 내어 김진호 씨에게 퇴근 후 저녁이라도 함께하자고 구내전화를 걸었다.

김진호 씨는 그렇지 않아도 미애에게 전화를 하려던 참이라고 말하면서 오늘 저녁은 자기가 사겠다고 덧붙였다.

미애는 김진호 씨에게 장소를 '제이'라고 말하면서 자신이 조금 잔인한 것 같다는 죄책감을 느꼈다. 김진호 씨가 제이라는 말에 너무 당황하는 것 같았기 때문이었다.

카페 J에서 만난 김진호 씨는 그렇게 생각해서 그런지 꽤 허둥대는 것 같았다. 두 개의 밀실 중에 한 개를 미리 예약해 놓은 모양이었다.

밀실로 숨어 들어감으로써 주인 여자를 피하려는 것 같았다.

밀실에 마주앉아 한 달 만에 보는 김진호 씨는 미애의 진한 입술 화장을 보고 말했다.

"화려해 보이시는군요."

자신의 취향을 귀신 곡하게 알아맞힌 미애에게 보내는 찬사인지 아니면 그 반대로 미애를 비꼬는 것인지 모를 일이었다.

"저녁은 제가 사기로 했지요. 뭘로 하시겠습니까? 미애 씨."

미애는 잠시 생각했다.

촌스럽게 밥을 꼬박꼬박 찾아 먹는 것보다는 술부터 마시는 것이 분위기 있게 보일 것 같다는 생각이 들어 미애는 고개를 좌우로 흔들었다.

"그냥 술을 마셔요, 우리."

"무슨 술을 할까요?"

"버드와이저를 마시고 싶어요."

"좋습니다."

주문을 받으러 온 아르바이트 여학생에게 김진호 씨는 버드와이저와 마른안주를 주문했다. 그리고 귓속말로 뭐라고 더 소곤거리자 아르바이트 여학생은 고개를 끄덕이며 밀실을 나갔다.

기회는 이때다 싶었다.

미애는 핸드백에서 담배를 한 개비 꺼내-주인 여자가 그랬던 것처럼 주황색 루즈가 진하게 칠해진 입술에-물고 라이터 불을 당겼다.

밤새 기침깨나 해 대면서 연습해 뒀던 대로 미애는 담배 연기를 허공에 멋있게 내뿜었다.

예상했던 대로 김진호 씨가 물어왔다.

"담배는 언제부터 배우셨습니까?"

"오래됐어요."

김진호 씨의 질문에 미애가 그렇게 대답할 때, 어제 조퇴해서 충분히 관찰했던 주인 여자가 밀실로 들어왔다.

"오빠, 어느 분이 내 올케가 되실 분이에요?"

주인 여자는 김진호 씨에게 그렇게 물으며 담배를 꼬나물고 있는 미애의 얼굴을 살폈다. 김진호 씨가 무겁게 입을 열었다.

"내가 잠시 착각을 했던 모양이다. 너는 나가서 네 일이나 보거라. 제발 입술에 그 루즈나 지우고…."

순간 미애는 쇠몽둥이로 뒤통수를 한 대 얻어맞은 사람처럼 아찔한 현기증을 느꼈다. 그것은 처음 담배 연기를 폐부 깊숙이 빨아들였기 때문만은 결코 아닌 것 같았다.

윤회설

'때리는 시어머니보다 말리는 시누이가 더 밉다'는 말이 있다. 오죽이나 시누이의 말리는 태도가 미적지근했으면 그런 속담까지 나왔겠는가만, 우리 집은 그 반대다. 그러니까, 내가 말리는 시누이인 셈인데도 이게 어찌된 노릇인지 시집온 올케라는 작자의 눈치를 오히려 내가 살피게 되더라 이거였다.

서른네 살에 늦장가를 간 오빠는 결혼한 지가 이제 겨우 1년도 못 되었는데 어느새 올케의 배가 남산만큼 불러오는 것이었다. 올케는 남들 못 갖는 아기를 가진 것처럼 정말 유난스러웠다.

처음 임신 소식을 들은 어머니는 매우 기쁜 표정을 감추지 못한 채, "애야, 힘든 일일랑 하지 말거라."고 말씀하셨다. 겉으로는 내색하지 않으셨지만, 아마 속으로 손 귀한 집안에 시집왔으니 제발 떡두꺼비 같은 아들이나 하나 낳게 해 달라고 빌었을지도 모른다.

노처녀인 나도 나가던 직장에 사표를 내고 집에 들어앉아 시집갈 준비만 하고 있었다. 그러나 시집이 어디 혼자서 가는 것인가. 직장에 나갈 때는 그래도 심심찮게 들어오던 맞선이라는 것도 직장을 그만두고 나니까 딱 소리나게 끝나버리는 것이었다.

내가 너무 콧대가 세고, 눈이 높아서 그 많던 총각들에게 딱지를 놓았는지는 몰라도, 그들을 찾아내 전화라도 해볼까 싶었지만 자존심이 상해서 그 짓도 할 수 없었다.

나는 지금 임신한 올케의 뒤치다꺼리에만도 바쁜 형편이었다. 빨래하는 걸 도와준다거나, 걸레질을 대신해 준다거나 하는 것까지는 그런대로 봐줄 수도 있었지만, 밥하고 설거지하는 일까지도 아예 도맡게 되니 이건 숫제 파출부에 다름 아니었다. 나는 참으로 미치고 환장할 지경이었다. 그렇다고 임신한 올케의 머리끄덩이를 잡아 뜯었다가는 어머니와 오빠로부터 떡두꺼비 같은 아들 낳는 걸 방해했다는 혐의를 받게 될 것이 분명했다.

그런데 어느 날이었다.

점심을 먹고 설거지까지 막 끝내고 나서 모처럼 휴식을 취하려는 내게 올케가 와서 남산만한 배를 쓰다듬으며 말했다.

"아가씨, 부탁 좀 하나 할까요?"

"뭔데요?"

나는 시큰둥하게 대꾸했다.

"제가 몸이 무거워서 그러니, 요 건너편 은행에 좀 잠깐 다녀와 줄래요?"

아니꼽고 억울하면 나도 어서 시집가서 임신하는 것밖에는 달리 방법이 있을 것 같지가 않았다.

"알았어요."

결국 나는 너댓 개나 되는 통장과 돈을 받아들고는 올케가 말하는 길 건너편 은행으로 들어갔다. 그런데 은행의 안쪽에 앉아 있던 사내 하나가 알은 채를 하며 다가왔다.

생각해보니 언젠가 한번 맞선이라는 걸 본 사람이었다. 나이는 34세. 직업은 은행 대리. 그도 홀어머니를 모시고 있고, 시집 안 간 여동생이 하나 있다고 말한 기억이 났다.

"바쁘시지 않으면 잠깐 차라도 한 잔…."

그날 부금을 붓고, 그 노총각을 따라 근처의 다방으로 들어가 차를 한 잔 나눈 것이 계기가 되어 우리는 자주 만나게 되었다.

우리는 아주 급속히 가까워졌는데, 올케가 몸을 풀 때까지, 아니 그 이후에도 계속 이어졌다. 그것은 올케의 시중을 들어줄 생각만 하면 온몸에 소름이 돋을 정도로 끔찍했기 때문이었다. 우리는 해를 넘기지 않고 식을 올리기로 합의했다.

그런데 아직 직장에 나가고 있던 나의 시누이가 될 사람만이 혼자 마뜩잖은 표정을 짓더니 그에 반대를 하고 나섰다.

"나는 반대예요!"

그녀는 그렇게 말하고 먼저 자리를 일어섰다. 모처럼 시누이 될 사람의 환심을 사기 위해서 그녀가 나가는 회사 부근까지 온 것이 도로아미타불이 되고 만 셈이었다.

"그래, 어떻게 하실 거예요!"

나는 아직 자리에 남아있는 그에게 물었다.

"어떻게 하긴, 당신이 누구에게 시집오는 건데 그래. 동생은 이제 시집가고 나면 집에 없을 텐데 뭘 그래. 참, 이거 올케에게 좀 전해줘."

그는 포장된 상자 하나를 내 앞으로 내밀었다. 나는 영문을 몰라 멀뚱거리며 그의 눈치만 살피고 있었다.

"이젠 말해도 되겠지. 다, 올케가 만든 일이야. 우리가 이렇게 결혼하게 된 것도."

그 말을 듣는 순간, 나는 갑자기 망치로 뒤통수를 한 대 얻어맞은 사람처럼 멍청해지고 말았다.

파도타기

내가 거대한 잠수함이 되어 바닷속 깊숙이 가라앉았다가 수면 위로 솟아오를 때마다 아내는 성난 파도 소리 같은 신음을 토해냈다. 그런 아내의 신음은 은빛 비늘을 반짝이며 물 위로 튀어오르는 한 마리 싱싱한 생선이었다. 아니 한 마리가 아니라 수천 마리의 생선이었다. 아니 생선이 아니라 비늘이었다. 그러나 나의 그물은 그 아름다운 생선을 아니 비늘을 한번도 완벽하게 잡아보진 못했다. 나는 늘 투망에 실패하는 어부였다. 허약한 남편이었다.

출근해서도 나는 도통 일거리가 손에 잡히지 않았다. 그것은 지난밤의 일 때문이었다. 고기와 비늘이 다 빠져나간 빈 그물을 쥐고 망연하게 허공에 담배 연기만 뿜어대고 있는 내게 아내가 사뭇 심각한 표정을 지으며 뱉어낸 한마디 말 때문이었다. 허물 수 없는 어떤 벽 때문이었다.

"당신 뱀탕을 먹어야겠어요."

그 말을 듣고 나는 입 밖으로 뿜어내려던 담배 연기를 나도 모르게 폐부 깊숙이 다시 집어넣고 말았다. 뒤이어 밭은기침이 우박처럼 쏟아졌다.

아내가 나의 기침이 멎기를 기다렸다가 말했다.

"뱀탕은 폐에도 좋대요."

오전 내내 나는 도통 일거리가 잡히지 않았다.

실장이 내가 쓴 광고카피를 보더니 신경질적으로 원고를 구겨서 쓰레기통으로 던졌다.

"다시 쓰쇼."

실장이 싸늘한 어조로 말했다.

내가 맡은 것은 A제약회사의 신제품인 물개표 정력제 광고였는데, 그것은 회사가 내일 석간신문에 이미 지면을 잡아놓은 몇 개의 광고 중의 하나였다. 내일 석간신문 이라면 지금쯤은 이미 다른 광고들처럼 동판이 완료되어 있어야 할 텐데 유독 내가 맡은 이 정력제 광고만 동판은커녕 아직 원고도 쓰지 못했으니 신문이나 광고주에 대한 광고대행사로서의 회사의 신용은 말씀이 아니고, 사장에 대한 제작실 책임자인 실장의 체면 또한 말씀이 아닐 것이었다.

더욱이 업체의 상품이 잘 팔릴 수 있는 광고를 전문적으로 대행해주고 커미션을 받는 회사의 카피라이터가 팔릴 수 없는 광고 문안만 쓰고 앉았으니 실장이 화를 내는 것도 따지고 보면 아주 지극히 당연한 것이었다.

"다시 쓰쇼."

"또 다시 쓰쇼."

세 번째 카피까지 쓰레기통 속으로 들어가자 나는 그만 완전히 탈진해 버렸다. 도대체가 나는 정력제 광고카피를 더 이상은 쓸 수가 없었다.

그렇지만 나는 끝내 포기하지는 않았다. 한번 더 매달려 보았다. 그러나 결과는 마찬가지였다.

'당신을

밤 파도타기의 명수로

만들어 드립니다.'

어쩌구 한 것은 쓰레기통 속으로 들어간 내가 네 번째 쓴 카피의 헤드라인이었다.

나는 이제 지칠 대로 지쳐버렸다.

나는 아내처럼 계속 요구해오는 실장에게 지쳐 있었다.

실장은 나의 네 번째 카피의 헤드라인을 보자마자 구겨서 쓰레기통 속으로 던져 버린 후 자리에서 일어섰다.

주섬주섬 책상 위를 정리하는 것으로 봐서 그는 내일 석간신문을 마음속으로부터 포기한 것 같았다. 실장은 곧 퇴근할 모양이었다.

나는 곧 떨어질 실장의 말을 생각했다. 아내라면 아마 '뱀탕을 먹으라'고 하겠지만, 실장은 퇴근하면서 내게 고생 좀 해보라고 아마 이렇게 말할 것이다.

"다시 쓰쇼!"

그러면 나는 또 밤을 새워서라도 다섯 번째의 카피를 쓸 것이었다.

그러나 '다시 쓰쇼!' 하고 말할 줄 알았던 실장은 나의 예상을 완전히 뒤엎는 말을 했다.

"사표를 쓰쇼!"

이렇게 말하고 실장은 사무실을 빠져나갔다.

끝내 정력제의 광고 문안을 쓰지 못한 채 내가 집으로 돌아오자 아내는 내게 뱀탕을 먹일 만반의 준비를 갖추고 있었다.

아내는 자신이 직접 뱀탕집 앞에 뱀처럼 길게 줄을 서서 기다리고 있다가 이제 막 끓여왔다면서 즐거운 듯 나불거렸다.

"이건 점칠사, 독사, 화사, 살모사 등 여러 마리의 뱀을 합친 것이니까 정력엔 아주 끝내주게 좋대요."

"끝내주게?"

"네."

아내가 내민 하얀 사기그릇 속에는 뽀얀 기름기가 덮인 국물이 하나 가득 담겨 있었다.

나는 이미 짐작하고 있었던 일이었으므로 크게 놀라지는 않았다.

아내는 뱀탕을 담은 사발을 내 입가로 들이밀었다.

나는 머리를 흔들어 그 뱀탕이 담긴 사발을 이리저리 피하다가 높은 파고波高 속에서 나룻배가 무너지듯, 그렇다, 나는 뽀오얀 뱀탕을 마셨다.

식도를 타고 내려가는 불만과 역겨움과 뜨거움이 다시 식도를 타고 역류할 것만 같았다.

실장의 '다시 쓰쇼'라는 말이 들리는 것 같았다.

씁니다. 써요. 그러나 뱀탕은 쓰지 않았다. 뱀탕은 닭 국물 맛과 흡사했다. 입 안에서 꼬꼬댁 꼬꼬 소리가 입천장으로, 혀 밑으로, 혀 위로, 이빨 사이로 옮겨 다녔다. 아니 배암이 그렇게 기어다니는 것 같았다. 어쨌거나 나는 똥 먹은 얼굴이었을 것이다. 아니 아내에게 그렇게 보였을 것이다. 얼굴을 잔뜩 찡그리고 있었으니 말이다.

그러한 나의 모습을 지켜보던 아내는 밤 파도타기를 꿈꾸는 듯 육감적인 미소를 지으면서 '흐흥'하는 비음을 냈다.

정력제 광고 문안을 쓰는 대신 나는 사표를 써서 실장의 책상 위에 던져두고 왔지만, 아내에게만은 사표를 썼다는 말을 하고 싶지 않았다. 아니 오히려 정력을 위해 정력에 좋다는 뱀탕을 즐겨 먹어보이려고 애썼다. 그러나 이러한 나의 생각을 나의 표정은 따라주지 않았다. 왜 나는 남들처럼 고통스러울 때 고통스러움을 감추는 연기에 익숙해지지 못하는가.

내가 뱀탕을 먹은 것은 어떻게 보면 아내에 대한 나의 마지막 희생적 노력이었는지 모른다. 아니 육체와 정신에 대한 또는 꿈과 현실에 대한 갈등, 그 두꺼운 벽을 허물기 위한 나의 마지막 몸부림이었는지도 모른다.

나는 항시 광고카피를 다시 쓰고, 또 다시 쓰게 하는 실장과의 낯이 무서웠다.

나는 어둠 속에서 밤 파도 소리를 부르는 아내와의 밤이 무서웠다.

그러나 무서운 낮과 밤은 어김없이 하루에 한번씩 왔다.

욕실에서 나온 아내는 방안의 조명과 침대의 시트커버를 바꾸고 화장대 앞에서 엷은 화장을 끝냈다.

수천수만의 기쁨의 비늘을 달기 위한 밤으로의 긴 항해를 준비한 아내는 속살이 내비치는 슈미즈 차림으로 침대 위에 비스듬히 누워 나를 바라보았다.

나를 바라보는 아내의 눈길은 이렇게 말하고 있었다.

'어서 뱀탕의 효력을 한번 시험해보세요?'

나는 요염한 모습의 아내 곁에 눕기 위해 천천히 옷을 벗고 침대 속으로 들어갔다.

기다리고 있던 아내의 따뜻한 몸이 열리며 나를 이끌었다.

어디선가 성난 파도 소리가 들리는 것 같았다.

나는 하복부의 변화를 느낄 수 있었다.

신선한 꿈틀거림이 오고 있었다.

어디선가 성난 파도 소리가 들리는 것 같았다.

내가 거대한 잠수함이 되어 끓는 바닷속 구석구석을 누비며 물비늘을 만들기 위하여 막 잠수를 시작하려 할 때였다.

성난 파도 소리가 노한 천둥소리와 교미하는 듯한 묘한 소리가 바로 나의 뱃속으로부터 일기 시작했다.

꿈틀거림은 곧 하나의 확실한 동작으로 나타났다.

나는 후다닥 일어나 화장실을 향해 달려갔다.

속사포같이 쏟아지는 설사였다.

다음 날 아침 아내는 주섬주섬 이혼서류를 꺼내놓고 실장이 '사표를 쓰라'고 말하던 그런 차가움이 밴 음성으로 말했다.

"도장을 찍으세요."

토큰의 무게

모던 기획 제작실 직원 여덟 명 중의 반은 항시 도시락을 싸왔고 나머지 반은 항시 도시락을 싸오지 않았다. 그러니까 나는 도시락을 싸오지 않는 그 네 명 중에 포함되어 있었다.

그러나 내가 도시락을 싸오지 않는 이유는 '사내자식이 쬐죄죄하게 보일 것 같아서'라고 말하는 H나, '사 먹는 것보다 비경제적'이라고 말하는 K와는 생각이 달랐다. 그렇다고 해서 '아내가 반찬에 신경 쓰는 것이 안타까워서도' 물론 아니었다. 나는 아직 결혼을 하지 않았으므로, 그렇다, 그런 이유는 더더욱 해당되지 않았다. 나는 오히려 아내가 만들어주는 따뜻한 밥을 먹어보고 싶었고, 아내가 정성들여 만들어주는 도시락을 끼고 출근해 보는 것이 꿈이었으니까.

어쨌거나 우리들은 점심시간만 되면 서로 오늘 점심은 뭘 할까? 뭘 한다지? 뭘 먹는다? 제기랄 어쩌구 하며 사무실을 걸어 나와 근처의 긴 식당 골목의 어느 부분에선가 그러한 고민을 쉬 해소하곤 했다. 그럴 수밖에 없는 것이 골목 좌우에는 빨간 천이 내걸린 중국집이나 한식집들이 즐비하게 마주 서 있었고, 우리들의 호주머니가 허락하는 메뉴는 항상 짜장면이나 짬뽕 아니면 설렁탕이나 김치찌개가 고작이었기 때문이었다.

우리들은 식당에서 맛없는 점심을 맛있게 먹기 위하여 도시락을 싸오는 동료들을(그러니까 사무실의 응접실을 식탁으로 해서 N실장을 중심으로 빙 둘러앉아 점심을 먹고 있는) 김치처럼 씹고 또 씹어서 목구멍 속으로 넘기곤 했다.

"사내자식이 꾀죄죄하게 계집애들처럼 사무실에서 도시락이나 까먹고 앉아 있는 꼴이라니 쯧쯧…."

매운 김치를 넣고 우물거리다 삼킨 H가 시뻘개진 얼굴로 그렇게 혀끝을 찼다.

"3년 가야 쓴 커피 한 잔 사지 않는 녀석들의 꼬락서니라는 게 뻔한 거 아니겠어."

K도 한마디 거들었다.

"밥맛 떨어지는 공처가 N실장이나 그 아류 얘긴 그만두지."

L이 점잖게 한마디 했다.

나는 세 사람의 얘길 들으며 나도 무슨 동조하는 말을 해야 할 것 같아 이렇게 말했다.

"그 사람들 마누라는 어떤 사람들일까?"

그러자 H, K, L이 일시에 식사하던 동작을 멈추고 손바닥으로 입가를 틀어막고 킥킥거렸다.

그들은 입속에서 웃음과 밥알이 튀어나올 것을 겨우 막고 있는 것 같았다.

"B형도 웃겨."

K가 그렇게 말하면서 어깨를 툭 쳤다. 너무 급작스러운 일이어서 나는 입 안의 내용물들을 그만 식탁 위로 쏟아놓을 뻔했다. 그러나 사무실에서 도시락을 까먹는 동료들이 그런 것처럼 우리 중의 누구도 밥알을 뱉어내지는 않았다. 우리에겐 그런 균형이 이루어지고 있었다.

이러한 4대 4의 균형이 깨지기 시작한 것은 내가 결혼을 하고 나서부터였다.

내가 아내의 정성이 담긴 도시락을 들고 출근함으로써 4대 4의 팽팽한 세력 균형이 5대 3으로 급격히 기울어졌고, 나는 꼼짝없이 도시락을 싸오지 않는 3쪽으로부터 변절자라는 비난을 맹렬히 받게 되었다.

그 비난은 나를 대하는 그들의 눈초리로부터 왔고, 나는 가능한 그들과 눈길이 마주치는 일이 없도록 노력했다.

그들은 아마도 점심시간에 식당에서 김치를 씹거나, 퇴근 후 생맥주집에서 마른안주를 씹으며 더불어 나도 함께 이렇게 씹을 것이 분명했다.

"그 친구 결혼하더니 변했어."

"변해도 한심하게 변했더군."

"웃겨."

듣지 않아도 뻔한 이러한 야유보다도 더 나를 곤혹스럽게 만드는 것은 아내의 태도였다.

내가 동료들의 야유를 못 들은 척 할 수 있었던 것은 순전히 아내에 대한 애정이랄까 뭐 그 비슷한 것으로써 말하자면 내가 오랫동안 희망해 왔던 대로 아내의 정성이 담긴 도시락을 먹을 수 있다는 그런 행복감 때문이었다. 그러나 시간이 흐름에 따라 나는 차츰 동료들에게 내 자신이 어떻게 비칠 것인가에 대해 생각하게 됐고, 그러다보니 모든 게 암담해졌다.

아내가 내 집 마련 5개년 계획을 세워놓고 긴축경제를 실시함에 따라 집에서 돈을 구경하기란 비오는 날 별을 보는 것만큼이나 어려웠다.

내가 출근할 때마다 아내는 구두를 닦아 놓은 후 도시락 가방을 끼고 서 있다가 내 넥타이를 매만지면서 슬쩍 토큰 네 개와(집에서 회사까지 나는 버스를 한번 갈아타야 했다.) 담배 한 갑을 양복 상의 주머니에 넣어주는 것이었다.

나는 그럴 때마다 뭐라고 할 말이 있을 것 같으면서도 정작 할 말을 잃어버리는 상태로 그냥 그렇게 살았다. 그러한 삶은 나를 당연히 꾀죄죄한 놈으로 만들었다.

그러던 어느 날이었다. 퇴근을 하기 위해 도시락 가방을 챙겨 들고 막 일어서는 내 등 뒤에서 N실장의 음성이 들려왔다.

"B씨 나 좀 봅시다."

도시락을 안 싸오는 동료들의 눈길이 일시에 반짝하며 내 쪽을 향했다. 그 눈길 속엔 'N실장에게 아부하기 위해 도시락까지 싸오더니 드디어 발탁이 된 모양이군'하는 야유와 비난이 섞여 있었다.

반백의 머리칼을 가진 N실장은 제작실뿐만 아니라 회사 전체에서도 가장 성실하다는 평을 듣고 있는 사람이었다. 그는 20년 동안 단 한번의 외식도 하지 않았다는 소문의 주인공답게 언제 보아도 점심은 한결같이 도시락이었다. 그러나 그는 결코 도시락 예찬론자는 아니었다. 그는 그저 도시락을 싸와서 먹을 뿐이었다. 다른 부서 같으면 실장의 권한으로 도시락을 싸오라거나 또는 싸오지 말라거나 어떤 말을 하면 도시락 분쟁쯤은 쉽게 처리될 수도 있으련만 그는 그저 시간이 되면 혼자 도시락을 꺼내 놓고 먹을 뿐이었다. 그러다보니 눈치 빠른 축에 속하는 세 명의 동료가 잽싸게 하나 둘씩 도시락을 싸갖고 와서 N실장 곁에 앉아 도시락 외교를 하게 된 것이었다.

그런데 그들을 젖혀놓고 N실장이 유독 나만을 부른 것은 심상치 않은 일이었다. 나는 괜히 가슴이 덜컹했다. 하긴 나도 이젠 도시락을 싸오는 다섯 명 중의 하나가 되어있긴 했지만, 아무래도 전신은 N실장을 김치쪽처럼 씹던 네 명 중의 하나였기 때문에 지레 겁이 났던 것이었다.

그러나 입사 후 처음으로 갖게 된 N실장과의 술자리에서 나는 나의 생각이 기우였음을 깨달았다.

소주 한 병도 채 다 비우지 못했는데 N실장의 음성은 넝쿨처럼 꼬부라져 있었다.

그는 술이 약한 것 같았다.

"B씨는 말야. 내 그동안 말은 안했지만 꽤 유능한 사람이더군. 그런데…."

"그런데 뭡니까?"

나는 의자를 조금 앞으로 옮겨 앉았다.

"B군은 박력이 없어."

"박력이요?"

나는 그렇게 반문하면서 실장의 태도를 살폈지만 그에게선 아무런 반응도 나타나지 않았다. 나는 속으로 피식 웃었다. 박력이 없다는 말은 나보다도 바로 실장 자신에게 꽤 합당한 말같이 느껴졌기 때문이었다.

"자네는…."

실장은 어느덧 나에 대한 호칭을 자유자재로 바꾸기 시작했다. B씨에서 B군으로 그러다가 자네로. 실장이 말을 이었다.

"…. 아는가, 여자란 만년필과 같은 거야. 잉크를 넣어야만 글씨가 써지는 법이지. 그리고 처음에 길을 잘못 들여놓으면 암만 잉크를 넣어도 글씨가 영 젬병인 것처럼 여자는 그저 처음부터 길을 잘 들여놔야 되는 거야. 자네, 내 말 알겠나?"

나는 그런 말을 하는 실장의 눈을 쳐다보았다.

눈은 약간 충혈되어 있었고, 눈동자는 많이 풀어져 있었다.

"자네, 내 말을 잘 듣게나. 여자란 처음에 길을 잘 들여놔야지 그렇잖으면…."

어이없게도 실장은 취해 있었다. 소주 한 병을 나와 반씩 나누어 마시고 실장은 취해버린 것이었다.

"실장님, 취하신 것 같습니다."

"취해? 글쎄 모르지. 여지껏 별로 술을 마셔본 적이 없으니까. 이것이 취한 것인지도. 그러나 내 자네에게 꼭 한 가지 충고해주고 싶은 게 있네. 취하기 전에 말일세."

"…."

"자네 요즘 도시락을 싸오는데 내일부터는 싸오지 말게."

"글쎄요, 그게…."

내가 뭐라고 변명을 하려고 하자 N실장은 말을 가로챘다.

"벌써 이십 년이 지났는데, 그때의 내 모습이 요즘의 자네에게서 자꾸 느껴지는구먼. 나도 그랬어. 집 한 칸 장만하려는 아내의 노력이 눈물겨워서 술 담배를 끊고 도시락을 싸오기 시작했던거야. 그런데 그게 잘못이었어. 지금은 어떻게 바로 잡을 수가 없어. 나무도 전지를 안 하다가 나중에 자라서 큰 가지를 잘라내면 나무 자체가 죽어버리는 것처럼 가정의 분위기라는 것도 그런 것 같아. 아내란 일생에 꼭 한번만 때려야 해. 그 한번의 시기가 언제냐 하면…."

N실장이 그 한번의 기회를 잃어버린 사람이라는 깨달음이 오자 나는 왈칵 가슴에 뜨거움이 치솟으면서 그의 심정을 충분히 이해할 수가 있을 것 같았다.

탁자 귀퉁이에 빈 소주병 두 개가 나란히 초병처럼 서게 됐을 때 나는 N실장과 넝쿨처럼 엉겨서 술집을 나섰다. 내일부터 도시락을 싸오지 않을 것과 아내를 길들이기 위해 오늘쯤 몇 대 쥐어박아 버리겠다는 나의 약속을 거듭 다짐받으며 N실장은 차에 올랐고 나는 호주머니 속에 달랑 남은 토큰을 만지작거리며 버스정류장을 향해 걸었다.

내가 집에 도착한 것은 통금이 임박해서였다. 찬바람이 이마를 때려서 취기는 많이 가셨지만, 나는 아내 앞에서 짐짓 취한 척하고 시비를 걸었다.

"뭐야, 당신이 뭔데 하루 종일 고생하다 들어오는 남편 마중도 하지 않고 혼자 따뜻한 구들장에 퍼질러 누워 있는 거야."

아내는 느닷없는 나의 행동이 의아스럽다는 듯 고개를 갸웃거렸다.

"마중이요? 열두 시에 어디로 마중을 나가요."

제기랄, 나는 잘못 시작했다. 트집을 잘못 잡은 것 같았다. 그러나 여기서 이대로 후퇴할 수는 없는 일이었다. 나는 다시 버럭 고함을 질렀다. 억지였다.

"여자가 어따 말대꾸야. 당신 정말 혼 좀 나봐야 알겠어? 끄윽."

아내는 한참 동안 빤히 내 얼굴을 쳐다보더니 생글거리며 웃었다. 그리고 이렇게 말했다.

"당신 참 귀여워요. 끄윽하며 술 취한 사람 흉내 내는 것하고 그렇게 화내는 것이 매력적이에요."

나는 이를 악물었다. 사랑스런 아내에게 손을 대는 건 안됐지만 가정의 평화와 안정을 위해선 할 수 없는 일이었다. 나는 아내의 빰을 힘껏 후려쳤다.

단 한 대에 아내는 그 자리에 힘없이 풀썩 주저앉았다. 나는 기왕에 내친김에 도시락 문제도 말해버렸다.

"도대체가 남편보고 도시락을 싸갖고 다니라면 어쩌라는 거야. 남편 병신 만들지 말고 내일부터는 하루 용돈을 3천 원씩으로 올려. 알겠어?"

대답보다 먼저 아내가 벌떡 자리에서 일어섰다. 그리고는 다시 내 얼굴을 뚫어져라 바라보더니 피식 웃었다. 순간이었다. 내가 아내의 웃음을 보았다고 생각한 바로 그때였다. 나의 왼쪽 뺨이 얼얼해진 것은.

나는 머리끝까지 화가 치솟았다. 그러나 더 이상 아내를 때린다는 것은 의미가 없을 것 같았다.

폭력이 상대에게 위협을 주지 못할 때 이미 그 폭력은 그 의미가 상실되는 것이다. 나는 아내가 이미 매 따위는 겁내고 있지 않음을 알아차렸다.

그래서 조금 작전을 바꾸었다. 세간살이를 때려 부수기로 했다. 제일 먼저 손에 잡힌 것은 결혼식 때 선물로 들어온 보온병이었다. 나는 그것을 시멘트 바닥에 힘껏 팽개쳤다. 보온병은 시멘트 바닥 위에서 처연하게 빛나고 있었다. 그다음 나는 탁상시계를 집어 던졌다. 유리와 시침이 함께 튕겨나갔다. 나는 세 번째 물건을 찾아 두리번거렸다. 그러자 아내가 쏜살같이 차단스 쪽으로 달려가더니 문을 열고 값진 그릇들을 손에 닿는 대로 꺼내서 내가 부순 자리에다 집어 팽개치는 것이었다. 사기와 유리로 된 그릇들은 부서지면서 요란한 비명들을 내질렀다. 나는 전혀 뜻하지 않은 의외의 사태에 당황할 수밖에 없었다. 술은 이미 확 깨어 있었다. 이대로 놔두었다간 집안의 살림살이란 하나도 남아있지 않을 것 같았다. 아내는 계속해서 그릇과 스탠드와 컵 등을 박살내고 있었다.

나는 얼결에 아내의 등 뒤로 두 팔을 끼었다.

"여보, 왜 이래. 참아. 참으라구. 내가 잘못했어."

그러자 아내는 등을 돌리고 숨을 몰아쉬며 내 가슴에 눈물로 뒤범벅된 얼굴을 묻었다.

다음날 아침, 아내는 여느 때와 같이 구두를 닦아놓고, 내가 점심시간에 먹을 도시락 가방을 챙겨 들고 서서 넥타이를 만지작거리며 속삭였다.

"여보, 깨진 것들을 다시 다 사놓을 때까진 담배 끊으시는 거죠, 네?"

나는 아내가 양복 호주머니 속으로 떨어뜨려주는 토큰 네 개의 무게가 문득 바위처럼 무겁게 느껴졌다.

이혼각서

나는 남들이 일평생을 두고 마실 수 있을 만큼의 엄청나고 끔찍한 술의 분량을 나의 20대에 모두 마셔버렸다.

이 말은 당시 내가 얼마만큼 지독한 술꾼이었는가를 단적으로 나타내는 말이기도 하지만, 보다 중요한 것은 20대에 마셔댄 그 엄청나고 끔찍한 술의 분량 때문에 나의 30대 건강은 술 취한 사람의 걸음걸이처럼 휘청거렸고, 40대 초반에 들어서면서부터는 기다렸다는 듯이 병마의 기습을 받게 된 것이었다.

매달 잡지를 만드는 일이 직업이어서 필자와도 마시게 되고, 동료 기자와도 마시게 되고, 상사와도 마시게 되고, 편집회의를 끝내고도 마시게 되고, 동료 기자들의 안 풀리는 취재를 도와주면서도 마시게 되고, 대지를 인쇄소에 완전 송고하게 되면 쫑파티를 한다고 마시게 되고, 인쇄소에 교정보러 가서도 마시고, 책이 나왔다고 마시고, 또 다음 달 편집회의 한다고 술을 마셔댔으니 한 달 30일 거의 매일 술을 거르는 날이 없을 지경이었다.

물론 술을 많이 마신다는 것이 결코 자랑이 될 수 없다는 것도 나는 잘 알고 있다. 그러면서도 술 마셔댄 얘기만 늘어놓는 이유는 최근 내게 찾아온 병마를 쫓아내기 위해서 의사의 지시대로 술을 마시지 못하고 있기 때문이다.

그러니까 술에 대한 향수나 그리움 같은 것일 것이다. 아니 어쩌면 내가 얼마나 일방적으로 순진하게 '술'에 대한 짝사랑을 느껴 왔는가의 또 다른 표현일 수도 있을 것이다.

어쨌거나 나는 내부 시설이 모두 망가져 요즘 의사의 지시대로 술을 못 마시고 있고, 그러니 자연히 술자리에도 끼지 못하게 되었다. 술자리에 끼지 못하게 되니 일찍일찍 집으로 들어가게 된다.

집으로 일찍 들어가니 좋아하는 것은 아내와 초등학교 5학년인 자식 놈뿐이었다.

집에 일찍 들어가 아내가 해준 저녁을 아들 녀석과 함께 셋이서 식탁에 둘러앉아 먹고, 텔레비전도 보고, 함께 놀아주기도 했다. 아파트단지 건너편에 새로 생긴 전문 피자집에 들러 피자도 먹고 했더니 아들 녀석과 아내는 내가 일찍 퇴근하는 그런 생활을 몹시도 기뻐하는 눈치였다.

늘 우거지상을 하고 있던 아내의 표정에, 최근 들어 무엇이 그렇게도 즐거운지 생글생글 웃음기가 돌고 있는 것이 그 증거가 아니고 무엇이겠는가.

그러던 어느 날이었다. 나는 피치 못할 사정으로 술을 마시게 되었다.

피치 못할 사정이란 뭐 별다른 게 아니었다. 회사 내 부서장들끼리 회식이 있었는데, 그 자리에 사장님이 직접 참석하셔서 부서장들에게 손수 따라주신 양주를 몇 잔 얻어 마신 것이 전부였다.

그리고 사장님이 먼저 일어서신 후, 긴장이 풀린 부서장들끼리 2차를 가자고 누군가가 꼬드기는 바람에 할 수 없이 나는 끌려갔던 것이었다.

"이봐, 그동안 현 부장이 없으니까 술을 마셔도 영 술맛이 안 났어. 오늘 우리끼리 2차로 가서 함께 술 맛나게 한번 푸자구."

디자인실의 오 부장이 내 어깨 위에 한쪽 팔을 걸쳐오며 말했다.

그러나 결과적으로 말하는 거지만 그날의 술좌석은 2차로 끝난 것이 아니었다.

2차로 들어간 곳은 소위 말하는 룸살롱이었다. 술을 퍼마시고 노래까지 하느라고 마이크에 대고 악을 써대는 모습들은 정말 가관이었다. 물론 그들도 그런 식으로 스트레스를 푸는 것임을 이해하면서도 나는 귓속까지 웅웅거리는 소음과 그들의 짓거리가 싫었다.

술이 취하지 않은 상태에서 술 취한 동료들을 보자 나는 왠지 나 자신이 부끄러워졌다. 나도 저렇게 지랄 발광을 해댔으리라는 생각이 들었기 때문이었다.

사진부 유 부장이 자꾸 술을 권하고 곁에 앉은 가수 이미연 닮은 파트너도 권하는 바람에 마지못해 한두 잔씩 마셔가던 나는 이미 취해 있었다. 의사의 지시를 어기고 있었다. 어느새 나도 모르게 취해서 인사불성이 되어가고 있었다.

나는 거기서 마신 술이 어느 정도의 양인지는 모른다. 올나이트를 하는 곳이 있다고 그곳으로 가자는 누군가의 제안에 우리들 6명은 우르르 몰려 3차를 갔다. 가면서 나는 이미 의사의 지시 따위는 까맣게 잊고 말았다.

3차에서 몇 시에 나왔는지 누군가가 나와 어깨동무를 하고 밖으로 나온 것까지는 겨우 기억이 나는데 그 이상은 도무지 기억이 나지를 않았다. 내 기억의 필름은 비가 주룩주룩 오거나 완전히 끊겨버린 상태였다. 모든 게 그저 깜깜했다.

내가 어렴풋이 정신을 차린 곳은 어떤 풀밭(잔디) 위에서였다.

대지로부터 치솟아 올라오는 찬 기운과 밤공기의 차가움이 함께 내 몸에 다가오면서 나를 깨운 것이라기보다는, 웬 낯선 사람 둘이서 손전등 불빛으로 비추며, 풀밭 위에서 잠든 나를 깨우고 있었기 때문이었다. 그래도 나는 쉽게 정신을 차릴 수가 없었다.

"이봐, 여기서 뭘 하는 거요?"

그들은 같은 제복을 입은 것으로 보아 방범대원 같았다. 한 사내가 내게 다가서며 겁먹은 소리로 그렇게 물었다. 그리고 내가 누워 있는 주변을 살피는 것 같았다.

나는 꼼짝않고 누워 있었다. 일어서고 싶었지만, 그것은 생각뿐 나는 온몸이 마비된 것처럼 손가락 하나 까딱할 수가 없었다.

"혹시 이 자 죽은 건 아닐까?"

한 친구가 잔뜩 긴장된 음성으로 옆 친구에게 그렇게 묻자,

"글쎄, 그런 것 같진 않은데."

라고 대꾸하는 소리가 들렸다.

누군가가 아까부터 얼굴에 비춰대던 손전등 불빛을 거두어 다시 주변을 살폈다.

"햐, 이 친구 좀 보게!"

깜짝 놀란 듯한 방범대원이 손에 든 손전등을 어느 한 지점에 고정시키며 그렇세 밀했다.

관리인들이 톱으로 나무의 잔가지를 쳐대고, 밑둥엔 짚을 대서 새끼를 동여맨 그 겨울나무의 잘라낸 가지가 조금 삐어져나온 곳에 양복 상의를 걸어놓은 것을 보고 한 방범대원이 놀라 그렇게 소리친 것이었다.

소리친 그 방범대원이 불빛을 따라가 나뭇가지에 걸린 양복 상의를 떼 내어 주머니를 뒤적거리고 있었다. 다른 한 방범대원은 내게 엎드려 심장에 귀를 대고 심장 뛰는 소리를 몇 번이고 확인하고, 눈꺼풀도 까뒤집어 보고는 했다.

"죽진 않았어."

"술을 마셨지?"

"그런 것 같군."

"그런데 이 사람이 왜 여기서 이렇게 구두도 없이 누워 있는 거지?"

"아마 자기집 안방인 줄 알고 그런 모양이지. 맞아, 구두도

저기 얌전히 벗어놓은 게 보이는군."

손전등의 불빛은 다시 더 깊은 풀밭 속으로 날아가 그 안을 비추고 있었다. 거기에서 내가 벗어놓은 구두 한 켤레가 발견되었다.

"방범 생활 5년 만에 별의별 술꾼 다 보게 되는군. 생판 듣도 보도 못한 짓거릴세. 아무리 술에 취했다 해도 그렇지, 이 추운 겨울날, 풀밭에 쓰러져 잠을 자다니 이게 죽을라고 환장을 한 거지 쯧쯧쯧…."

잠시 후 나는 파출소에 끌려가 정신을 수습할 수가 있었다.

방범대원들은 숙직 경찰에게 나를 인수인계 하면서 나를 발견한 위치, 나를 발견했을 때의 상황 등을 비교적 정확하게 설명했다.

그리고 내 주머니에서 꺼낸 지갑을 숙직 경찰의 책상 위에 꺼내 놓았다.

"이게 저 사람의 신분증인데, 집은 이 근처 같습니다."

내 신분증을 들여다보며 경찰은 말했다.

"알만한 분이 왜 이러십니까? 근데 집이 이 근첩니까?"

경찰의 질문에 나는 반문했다.

"여기가 어딥니까?"

"여긴 잠실 1단지 파출소요."

"아, 그럼 맞군요. 제 집도 저 앞입니다."

나는 흐느적거리며 겨우 그렇게 말했다. 내 말이 아니꼽다는 듯 방범대원이 투덜거렸다.

"집을 코앞에 두고, 그래 풀밭 위에 누워서 잠을 자고 있어요? 그러다가 얼어 죽어요, 얼어 죽는다구요."

숙직 경찰이 명함을 보면서 점잖은 목소리로 물었다.

"이 전화번호 맞소?"

파출소에서 집으로 전화를 걸면 사태가 어떻게 비화될 것이라는 것도 생각할 겨를 없이 고개를 주억거리자, 경찰은 회사 전화번호 아래 적혀 있는 우리 집 전화번호의 다이얼을 돌렸다.

그다음 날부터 나는 아내에 의해 금주령을 선고받았다. 그것은 의사의 금주령보다도 더 강한 구속력을 갖게 된 것은 물론이었다. 왜냐하면 '술을 한 모금이라도 입에 대면 모든 재산을 아내에게 주고 즉시 이혼한다'라는 각서를 아내에게 써줬기 때문이었다.

이혼과 가스보일러

아무래도 지난주부터 남편의 태도가 이상했다. 아니 정확히 얘기하자면 지난주가 아니라 그전부터였던 것 같다.

그러나 지난주든 지지난주든 간에 그런 것은 별로 중요하지가 않다. 중요한 것은 시기가 아니라 이상하게 변해 버린 남편의 태도에 있었다. 그동안 남편은 공장 현장에 나가 있다가 아내와 자식이 있는 집에는 일주일에 한번밖에는 오지 않는 사람이었다.

순옥은 남편과 결혼한 지 10년이 넘었지만 부부싸움이라는 걸 해본 적이 없었다. 그렇다고 두 사람 사이가 그리 좋았다는 것만은 아니다. 살다보면 물론 턱없이 뛰는 물가와 빤한 봉급으로 사는 생활이 짜증스러워 신경질을 내고도 싶고, 국민학교 3학년짜리 사내아이의 이것저것 사 달라고 조르는 것을 혼자 감당하기에는 너무 힘들어 남편을 붙들고 하소연이라도 해보고 싶었지만, 자칫 잘못 얘길 시작했다가는 모처럼 들어온 남편의 기분이 크게 상하게 할 것 같아 그만두곤 했던 것이다.

순옥은 그랬다. 어렵게 융자를 끼고 장만한 15평짜리 조그만 연립 주택으로 남편이 돌아오는 매주 토요일 저녁이 되면 어떻게 해서라도 기쁜 마음으로 남편을 맞이하기 위해 노력했다. 오른 물가는 아랑곳하지 않고 정성껏 음식을 장만한다거나, 남편의 목욕물을 시간 맞춰 데우기 위해 나름대로 애쓰곤 했다. 남편은 부산이나 대구 등지의 현장 사무소에서 일이 끝나는 오후 늦게 올라왔으므로 서울에는 밤늦게 도착하기 일쑤였다.

남편은 과일주 몇 잔을 반주로 해서 밤참 겸 늦은 저녁 식사를 끝내고, 그녀가 데워 준 목욕물로 목욕을 하고 안방으로 건너와 그녀를 이불 위로 눕히고는 했었다.

과일주를 담근다거나 늦은 저녁을 짓는 것은 의당 주부로서 해야 할 일이지만, 목욕물을 데우는 것은 이만저만 신경 쓰이는 일이 아니었다. 미리 데워 놓으면 식을 것이고, 남편이 들어오는 자정 무렵에 맞춰 데워야 하고, 데운 물을 담을 마땅한 욕조도 없으므로 화장실에 커다란 고무통을 내놓고 담아놓는 것이었다. 간혹 목욕쯤은 밖에서 하고 돌아왔으면 하고 바랐지만, 남편은 현장에서도 바쁘고 일이 끝나면 서둘러 올라와야 하기 때문이라고 말하곤 했다. 글쎄 아무리 바빠도 목욕할 시간이 없다는 것은 납득하기 어려운 일이지만, 순옥은 남편의 말을 그대로 믿을 수밖에 달리 방법이 없었다.

그런데 지난주에는 정성껏 차려 준 밥상에는 수저를 대다가 말고, 기껏 목욕물을 데워 놓았더니

"하고 왔다."

면서 아이가 자고 있는 건넌방을 잠시 들여다보더니 다시 안방으로 건너와 피곤하다며 이불을 뒤집어쓰고 내처 잠만을 퍼

질러 잤다. 남편의 왕성한 식욕과 건강한 체질을 잘 알고 있는 순옥으로서는 문득 불길한 생각이 들었다.

왜 밥을 안 먹는 것일까. 왜 목욕을 밖에서 하고 왔을까. 왜 자신을 안아 주지 않고 그냥 잤을까.

이튿날 일어나자마자 남편은 시계를 쳐다보더니 기차 시간에 늦겠다면서 현장을 향해 뛰쳐나갔다. 남편이 나가자 이일 저일을 생각하는 순옥은 기분이 명쾌하지가 않았다. 최근 보너스를 내놓지 않는 일이 특히 의심을 불러일으켰다. 만약 남편에게 다른 여자가 생겼다면? 그렇다면 정말 큰 일이 아닐 수 없었다. 순옥은 불안한 상태로 일주일을 어떻게 보냈는지도 몰랐다.

"여보, 이리 와서 앉아 봐."

그러면서 이혼서류가 들어있는 듯한 두툼한 하얀 봉투를 내밀었다. 순옥은 눈앞이 캄캄해지면서 드디어 올 것이 왔구나 싶은 생각이 들었다. 그런 아내를 향해 남편은 말했다.

"여보, 그간 남편 잘못 만나 고생이 심했지. 한겨울 목욕물 데워 아이와 날 씻기느라고 고생한 당신을 생각하면서 나도 악착같이 일했다오. 잔업 수당과 보너스랑 당신께 내놓으면 내 식단을 위해 쓸 것만 같아 내가 저금해 두었던 거요. 이 돈으로 가스 보일러를 놓도록 하시오."

순옥은 자신도 모르는 사이에 두 눈시울이 뜨거워지며 갑자기 시야가 뿌옇게 흐려왔다.

새벽바람

야간 근무를 마치고 새벽에 C시의 전신전화국을 나온 교환양 수연은 곧장 집으로 들어가기가 싫었다. 어제도 분명히 남편은 집에 들어와 자지 않았을 것이고, 늘 그랬던 것처럼 방은 연탄불이 꺼져서 냉기가 감돌 것이기 때문이었다.

이마에 차갑게 와 닿는 새벽바람 속에서 수연은 문득 남편 지우의 정액 냄새가 맡아지는 것 같았다.

지금 C시의 어느 구석에선가 남편은 다른 여자의 살 속에 자신의 아름다운 음계音階를 집어 놓고 밤파도 타기를 즐기고 있을 것이 분명했다.

남편이 다른 여자와 놀아난다는 것을 수연이 안 것은 꽤 오래전의 일이었다. 그때도 오늘처럼 밤 근무를 마치고 새벽에 퇴근할 때였다. 집에 들어서자마자 수연은 어떤 이상한 예감에 사로잡혔다.

그 예감이란 매우 당혹스러운 것이었는데, 소 닭 보듯 하던 시어머니가 왠지 안절부절못하며 그날따라 수연을 대하는 태도가 괴이쩍게 느껴졌던 것이다. 뿐만 아니라 남편의 태도 또한 그랬다. 참으로 이상한 일이었다.

집에 들어서자마자 남편의 출근시간에 맞춰 아침을 짓기 위해 수연이 서둘러 부엌에 들어가려 하자 마루에 서 있던 시어머니가 수연 등 뒤에다 말했다.

"얘야, 우리는 아침을 먹었으니 네 밥만 하려므나."

그 말을 들은 수연은 깜짝 놀랐다.

그동안 아들 내외가 쓰는 건넌방엔 연탄불이 꺼지든 말든 일체 상관을 않고 차려다 주는 밥상만 받던 시어머니가 아들의 아침밥을 해줬다는 사실이 믿어지지 않아서도 그랬지만, 무엇보다도 '우리는 먹었으니 네 밥만 하라.'는 시어머니의 말이 예사롭게 들리지가 않았던 것이다.

수연은 자신이 없는 사이에 어떤 음모가 진행되어 가고 있음을 그때 비로소 깨달았던 것이다. 정말 시어머니와 남편의 관계가 하룻밤 사이에 이토록 급속히 가까워진 이유는 무엇일까? 남편과 시어머니가 한패가 되어 자신을 이토록 노골적으로 소외시키고 있는 저의는 무엇일까? 수연은 그런 이유들이 궁금해서 견딜 수가 없었다.

수연은 건넌방으로 들어갔다.

넥타이를 건성으로 매만지며 밖의 동정에 귀를 곤두세우고 있던 남편이 방문을 열고 들어서는 수연을 보자 얼른 얼굴을 외면하고 황황히 밖으로 나가 구두를 꿰어 신고 도망치듯 대문을 빠져나갔다.

늘 방안 가득 너저분하게 깔려 있던 이불이며 휴지 나부랭이들이 오늘따라 아주 깨끗하게 치워져 있었다.

이상한 일이었다.

여자의 육감이란 무서운 것이었다. 수연은 자신이 쓰고 있는 화장품이 아닌 매우 질 좋은 향수 냄새가 섞여 있는 여자의 화장품 냄새를 맡았던 것이다.

누군가 다른 여자가 이 방에서 자고 간 흔적이 분명한 냄새로 남아 있는 것이었다.

수연은 이불과 요를 꺼내어 펴보고 싶었지만 그렇게 하지는 않았다. 모든 것이 추하고 불결하게 느껴졌기 때문이었다. 정말 이럴 수도 있는가? 수연은 수천 길의 낭떠러지로 곤두박질하듯 머리가 어지러워짐을 느꼈다. 꼬박 4년 동안 오직 남편과 시집을 위해 고생해 온 자신에게 이럴 수는 없는 일이었다.

병약한 남편은 결혼 전 어머니와 함께 끼니를 걸러 가며 살고있었다. 수연이 진우를 남편으로 택하기로 한 것은 그가 비록 가난은 하지만 향학열에 불타고 있었고, 매우 총명한 두뇌를 갖고 있었기 때문에 공부만 조금 하면 곧 취직을 할 수 있으리라고 믿었기 때문이었다.

연애 시절 진우는 수연을 만나기만 하면 입버릇처럼 이렇게 말하곤 했었다.

"생활의 걱정 없이 시험공부에만 한 1년 전념할 수 있다면 어떻게 한번 해보겠는데…."

수연은 주위의 반대를 무릅쓰고 결혼 전에 진우의 집으로 들어가 직장을 나가며 며느리 노릇과 아내 노릇을 했다. 그렇게 2

년이 지나서 남편 진우는 5급 행정고시에 합격했고, 곧 검찰청 S 지청으로 발령이 났다. 줄곧 반대만 하던 친정에서도 그때서야 결혼을 승낙해서 그해 5월 많은 이들의 축복을 받으며 둘은 결혼식을 올렸다.

그런데 남편이 취직을 하고, 결혼식을 올리고도 그녀는 다니던 직장을 그만두지 못했다. 시어머니나 남편이 그녀에게 계속해서 직장에 나가 주었으면 하고 바라는 눈치도 그랬지만, 수연 자신도 젊었을 때 맞벌이를 해서라도 어서 돈을 모으고 싶었기 때문이었다.

결혼 후 다시 2년이 지났다. 적금도 타고, 남편도 직장에서 어느 정도 자리를 굳혀서 이젠 그만하면 가정에 들어앉아 살림만 하고 싶었다.

그런데 문제가 생긴 것이다.

결혼 전의 2년과 결혼 후 2년 동안 직장에 나가느라고 임신이 되었을 때마다 소파 수술을 받은 것이 좋지 않았던지, 임신이 될 수 없다는 것이었다.

함께 병원을 걸어 나오며 남편 진우는 아주 침통한 어조로 말했었다.

"할 수 없지. 다 내 잘못이니 어쩌겠소. 그대로 아기 없이 살아야지."

그러나 남편에게 그 말을 전해 들은 시어머니는 달랐다. 처음 한동안은 그런대로 이해하는 눈치더니 몇 개월이 지나자 아주

노골적으로,

"손 귀한 집에 왔으면 자식을 낳아 주어야지. 그렇지 못하면 죄가 되느니…."

어쩌구 하며 투정을 부리는 것이었다. 그렇게 얼마가 지나자 남편의 외박이 시작되었고, 외박은 차츰 그 횟수가 늘어났고, 그것은 시어머니의 비호 아래 수연에게 당연하게 받아들여지게 된 형편이었다.

이젠 아예 터놓고 그녀가 야간 근무를 나간 날 밤에는 누군지 모를 그 고급 향수 냄새가 섞인 화장품 임자를 집에 데려다 자기까지 하는 것이었다.

수연은 바바리코트 깃을 세웠다. 목 부분을 찌르는 새벽바람이 아직은 차갑게 느껴졌기 때문이었다.

멀리서 산모퉁이를 도는 기차가 가래톳 선 기적 소리를 토해 내고 있었다.

남편은 오늘도 외박을 했을 것이다. 수연은 어딘가 먼 곳으로 훌쩍 떠나고 싶다는 충동을 느꼈다.

한번 더 가래톳 선 기적 소리가 들려왔다.

수연은 머리를 가로젓고 육교를 건넜다. 늘 이 시간을 전후해서 그녀는 육교를 건넜고, 육교를 건너면 자동차 정비공장이 있었다. 거기엔 늘 기름때가 새까맣게 묻은 작업복 차림의 사내가 타이어를 운반하거나, 트럭 밑으로 기어들어가 두 다리를 뻗고 누워서 보이지 않는 상체로 기계 부품과 밀회를 나누고 있었다.

그런데 그 사내가 오늘은 보이지 않는 거였다. 수연은 잠시 정비공장 앞에서 머뭇거렸다. 왠지 허전했기 때문이었다. 바로 그때였다. 공장안으로부터 클랙슨 소리와 함께 트럭이 정문으로 나오고 있었고, 그 트럭의 운전석엔 그 사내가 있었다.

수연은 자신도 모르게 빙긋 트럭을 향해, 아니 정확하게는 그 사내를 향해 웃어 보였다. 수연을 비껴 앞으로 달리던 트럭이 갑자기 멈춰 섰다. 멈춰 선 트럭은 조금씩 후진하면서 수연 앞으로 다가왔다.

그 사내가 운전석의 문을 열고 얼굴을 쭉 내밀고 말했다.

"안녕하세요. 가끔 이 앞으로 지나다니시던데, 타시죠, 가시는 데까지 태워다 드릴게요."

잠시 망설이다가 수연은 아무 소리 하지 않고 그 사내의 부축을 받으며 운전석 옆자리에 올라탔다. 오늘도 남편은 집에 돌아오지 않았을 것이었다.

"이 차, 어디까지 가나요?"

"온양이요."

"저를 온양까지 태워다 주세요."

"…."

수연의 외박에 대해서 남편은 아주 집요하게 추궁했다.

"누구와 어딜 가서 잤어?"

"…."

"다 알고 있으니 솔직하게 대답해. 정비공장에 있는 녀석과 어제 새벽에 트럭을 타고 온양 쪽으로 가는 것을 본 사람이 있는데, 부인하겠어? 아니면, 이 이혼서류에 순순히 도장을 찍겠어? 선택은 당신의 자유의사에 맡기겠어."

남편은 어느 틈에 작성했는지, 합의 이혼서 한 통을 내밀고 수연을 노려보았다.

곁에서 시어머니가 괜한 수선을 피워대고 있었다.

"에구, 망신스러워라, 에구, 망신스러워라, 집안이 망하려니까 애도 못 낳는 년이 들어와서 서방질까지 하고, 에구, 망신스러워라. 이 일을 어쩔거나."

수연은 두 눈을 감았다.

남편에게 아니 시어머니에게 할 말이 없어서가 아니라, 이제부터 자신이 취할 가장 확실한 태도를 결정하기 위해서였다. 어떻게 하는 길이 가장 현명한 길인가. 수연은 분명한 판단이 서지 않았다.

어떤 데이트

주방으로 설렁탕 그릇을 갖고 직접 들어 온 주인 아저씨의 인상은 아주 험상궂게 일그러져 있었다.

"야, 주방장. 너 계속 이따위로 일할 거야? 이렇게 뒤죽박죽 내보낼 거냔 말야. 벌써 몇 번짼지 알아? 전표를 확인하란 말야. 전표를."

밖에서 손님이 또 뭐라고 큰소리로 주인을 부르지 않았더라면 아마 주방장 김민우는 주인에게 귀싸대기라도 한 대 얻어맞았을지 모를 일이었다.

그만큼 주인 아저씨는 화가 나 있었다. 그도 그럴 것이 설렁탕을 주문한 사람에게는 육개장을, 육개장을 주문한 사람에게는 갈비탕을 내보내고 있었으니 손님들의 빗발치는 항의는 자연 주인에게로 쏟아졌던 것이다.

오복식당에 민우가 들어온 지 벌써 3년이 지났지만 오늘 같은 실수는 처음이었다. 그래서 주인도 영업이 끝난 후 그를 크게 나무라기보다는 그냥 가볍게 타이르는 정도로 낮의 사고를 더 이상 문제삼지 않았다. 하긴 말이 났으니 말이지만 그같이 착실한 종업원이 어디 또 있단 말인가. 월급을 타면 전액을 꼬박꼬박 은행에 예금을 했고, 한 달에 한번 쉬는 셋째 일요일도 그는 다른 애들처럼 극장이나 고궁으로 싸돌아다니는 법이 없었다. 그러기는커녕 오히려 시키지도 않는 식당과 주방 청소를 깨끗이 해놓은 후 책을 붙잡고 혼자 열심히 공부하는 그런 착실한 일꾼이었던 것이다.

그가 주인 앞에서 머리를 조아렸다.

"저 내일 하루는 쉬어야겠습니다."

주인은 눈이 휘둥그레졌다. 낮에 야단을 친 것 때문에 녀석이 다른 식당으로 옮기려는 수작이나 아닌가 하는 의혹이 불현듯 들었기 때문이었다.

"쉬다니?"

"부산엘 좀 다녀오려구요."

그는 멋쩍은 듯 뒤통수를 긁적거렸다.

부산이라는 말이 나오자 주인은 이내 안도하는 듯했다.

부산이라면 짚이는 것이 있었기 때문이었다.

"부산? 오라, 요즘 사흘이 멀다하고 편지가 오는 미숙이라는 아가씨를 만나러 가는구먼. 근데 당일로 갔다올 수 있을까?"

어쩌구 하며 주인은 쾌히 승낙을 했던 것이다. 쉬는 날이니 후딱 갔다오면 되는 것이지 얼어죽을 무슨 놈의 승낙이고 나발이고가 있겠는가만 그래도 그는 주인의 허락을 받는 것이 종업원의 자세라고 믿는 모범적인 청년이었다.

주인의 승낙을 받은 그는 다음날 아침 일어나자마자 목욕을 다녀온 후 구두를 닦는다, 세탁소에 맡겼던 옷을 찾아온다, 그야

말로 온통 수선을 피워댔다.

그가 반짝이는 구두에 신사복을 입고 전날 은행에서 찾아온 빳빳한 1만 원권 지폐를 새 지갑에다 챙겨넣고 오복식당을 나섰을 때는 어엿한 신사가 되어 있었다.

그는 택시를 타고 곧장 터미널로 달렸다. 얼마나 오늘을 기다렸던가. 지난 2년간 그는 오직 오늘을 위해 밤낮을 가리지 않고 편지쓰기 공부에만 열을 쏟았던 것인지도 몰랐다. 깊은 밤에 곤하게 자는 다른 애들 모르게 일어나 편지를 쓰느라고 끙끙거릴 때의 그를 보면 그는 오직 편지를 쓰기 위해 이 세상에 살고 있는 것이 아닌가 하는 생각이 들 정도였다. 그는 책을 읽다가 사랑이나 결혼에 관한 좋은 말만 나오면 어김없이 그 말을 편지지에 옮겨 적는 버릇이 있었다. 물론 그 말은 며칠 후 부산에 있는 미숙에게 어김없이 날아갔고, 다시 그 말에 공감하는 그녀의 편지가 날아오곤 했다. 소위 소개소에서 맺어준 펜팔이었다.

부산행 고속버스 차창에 기대앉아 민우는 수첩을 꺼냈다. 그 수첩 속엔 동서고금의 사랑에 관한 가장 아름다운 말들이 깨알 같은 글씨로 가득 채워져 있었다. 그는 이미 수첩을 펼쳐보지 않고서도 그 전문을 술술 외울 수 있었다. 물론 이제는 그 연습에 열중하느라고 음식을 뒤죽박죽 바꿔 내보내는 실수를 저지르기도 했지만 이젠 그 모든 걸 달달 외울 수 있게끔 되었다. 처음 만나서부터 마지막 헤어질 때까지의 사랑을 주제로 한 모든 아름다운 대사가 그의 수첩엔 적혀 있었던 것이었다. 부산까지

가는 동안 민우는 그 대사를 최종 점검해 보았다. 그녀의 대답에 따라 대사가 바뀌어야 하는 부분까지를 거의 완벽하게 끝냈을 때 버스는 부산 터미널에 도착했다.

그는 옷이 구겨질세라 가능한 한 다른 승객들과 부딪치지 않으려고 애쓰면서 출입구 쪽으로 바쁘게 걸어갔다. 그때 앞에 있던 한 사내가 그의 가슴을 툭 치면서 신경질적으로 소리쳤다.

"이봐, 바쁜 것은 다 마찬가지야. 차례를 지켜."

사내의 말에 그는 아무 소리 못하고 고개를 푹 꺾었다. 그가 밖으로 나왔을 때 미숙이가 있는 부산의 태양은 솜털처럼 따뜻하고 부드럽게 그의 전신을 쓰다듬어주는 것 같았다. 그는 곧바로 택시를 타고 그녀와의 약속 장소인 남포동에 있는 목마다방으로 갔다. 택시비를 내려고 양복 안주머니에 손을 넣던 미우는 가슴이 섬뜩했다. 그는 급히 몸을 뒤척이며 주머니마다 속을 까뒤집어 보았다. 그러나 마찬가지였다. 지갑은 어디에도 없었다. 어쩌면 버스에서 내리는 순간 한 사내로부터 가슴을 맞았을 때가 바로 쓰리를 당하는 순간이었는지도 모른다는 생각이 막연히 들었다. 인상을 쓰고 있는 운전수에게서 우선 물러서기 위해 그는 호주머니를 닥닥 긁어 택시 요금을 지불하고 차에서 내렸다. 이제 그의 호주머니 속엔 동전 몇 푼이 남아있을 뿐이었다.

다방에 들어서자 사진에서 낯익은 미숙이 한쪽 구석에서 손을 번쩍 치켜들어 보였다. 사진에서보다 더 예쁘게 그녀는 생글거리고 있었다. 그녀의 그 웃음을 대하는 순간 그는 그때까지 외워두었던 아름다운 말들이 한꺼번에 사라져 버림을 느꼈다.

"오시는데 힘드셨지예?"

그녀가 생글거리며 묻자 그는 이렇게 더듬거렸다.

"레마르크가 말하길 사랑은…."

오느라고 힘들지 않았느냐는 물음에 왜 느닷없이 래마르크라는 개뼉다귀 같은 이름이 튀어나오는지 모를 일이었다. 모든 게 뒤죽박죽이었다. 주인 아저씨의 불호령이 떠올랐다. 그는 머리가 캄캄해졌다.

"차비 좀 빌려주십시오. 서울 올라가서 부쳐드릴테니까."

이것이 그가 지껄이는 횡설수설 중에서 그녀가 알아들을 수 있었던 유일한 한 마디 말이었다.

| 제 3 장 |

목욕탕과 수증기

오해

흙냄새는 누가 맡는가

회귀

사표의 이유

목욕탕과 수증기

우리들의 깡술

탈복식

생일선물

몸살의 이유

안녕히 주무세요

오해

역원驛員이 손목에 눌러준 도장이 지워지지 않도록 조심하면서 사내는 조금 걷어 올렸던 스웨터의 손목 부분을 끌어내린 후 썰렁한 대합실을 걸어 나왔다.

손목에 도장을 받는 것은 귀가 도중에 방범대원이나 순경을 만나게 될 경우를 대비해서였다. 열차에서 내린 승객들의 손목에 찍힌 도장이 통금위반으로부터 그들을 보호해주는 역할을 해주기 때문이었다.

간이역 대합실 밖엔 가로등 하나가 선잠 깬 아이처럼 흐릿한 눈빛으로 밤하늘의 별들을 쳐다보며 조그맣게 뭐라고 옹알옹알거리는 것 같았다. 사내는 그 소리를 들어내기라도 하려는 듯 가로등 가까이 다가가서 잠시 머뭇거리더니 손목시계를 들여다보았다. 시계는 새벽 1시 30분을 가리키고 있었다.

사내를 내려놓은 기차는 목쉰 기적을 몇 번 토해내 놓은 후 다음 역을 향해 떠나고 있었다.

사내가 내린 간이역인 ㅅ역엔 사내 외엔 아무도 내린 승객이 없는 모양이었다. 사내를 뒤따라 밖으로 나오는 사람이 없는 걸 보니, 하긴 특별한 사정이 없는 한은 이곳 사람들도 별로 이 열차를 이용하지 않는 편이었다. ㅅ역에서 미군부대가 있는 C까지는 한 반 마장 거리가 되는데 C에 사는 주민들치고 혼자서 밤길을 즐겨 걷는 사람은 거의 없었기 때문이었다.

사내는 뒤따라 내리는 사람이 없음을 확인하고 혼자 걷기 시작했다.

바로 그때였다. 한 여자가 대합실 문을 밀치고 나오면서

"여보세요!"

하고 사내를 불러 세웠다. 그리곤 빠른 걸음으로 사내가 서 있는 곳으로 다가와서 물었다.

"실례지만 어디까지 가세요?"

스카프를 두르고 부츠에 바바리코트 차림을 한 여자의 인상은 첫눈에도 매우 늘씬하고 세련되어 보였다.

사내는 대답 대신 눈으로 그녀의 아래위를 훑었다. 그러자 여자가 다시 물었다.

"C까지 가세요?"

열차에서 내리는 대부분의 사람들이 C로 가는 사람들이어서 그녀는 그렇게 물은 것이었다. 그러자 사내가 가볍게 고개를 끄덕거렸다.

여자가 안도한 듯 조금 웃어보이며 다시 이렇게 말했다.

"저도 C까지 가요. 너무 늦은 시간이어서 무서워서 어쩌나 했는데, 마침 동행이 생겨서 다행이에요."

사내는 잠시 멈췄던 걸음을 다시 옮겨놓기 시작했다. 여자는 그런 사내의 곁에 바짝 붙어서 걸으며 곁눈질로 사내를 흘끔거

렸다.

둘은 한동안 말없이 C를 향해 걸었다. 역 부근의 꼬불꼬불한 길을 벗어나자 국도가 나왔다. 그 길을 한 30분 거슬러 올라가야 C가 나온다. 여자가 지루한 듯 먼저 입을 떼었다.

"C에 역이 생긴다면서요?"

사내는 여전히 말이 없었다. 여자가 다시 말했다.

"그래야 할 거예요. 주민의 팔십 프로 이상이 사는 미군부대가 있는 C엔 역이 없고 왜 엉뚱한 곳에 역이 생겨 우리에게 이런 불편을 주는지 모르겠어요."

사내가 비로소 입을 열었다.

"역은 일제 강점기에 미군부대는 6·25 때 각각 우리의 의사와 무관하게 생긴 것이니 할 수 없는 일 아니겠소?"

"어쨌거나 반가와요. 전 혹시 벙어리가 아닌가 했어요. 역이 생기면 좋을 거예요. 그죠?"

여자는 마치 오랜 친구라도 만난 듯 스스럼없이 말을 늘어놓기 시작했다.

"전 이 차를 가끔 타걸랑요. 근데 한번도 걸어본 적은 없었어요. 그때마다 꼭 한 사람씩의 동행이 생겼걸랑요. 재수가 좋았던 편이에요. 근데 아저씬…."

여자는 입을 다물고 사내 쪽을 다시 힐끗 쳐다보았다. 얼결에 아저씨라는 호칭을 썼으나 아무래도 사내의 나이가 미심쩍었다. 20대 같기도 했고, 30대 같기도 한 것이 도무지 얼핏 나이가 헤아려지지 않는 그런 사내였다.

여자는 사내가 어둠 속에서 불어오는 겨울바람보다도 차가운 사람 같다고 느꼈는지 마른침을 한번 꼴깍하고 삼키고 나서 사내에게 다시 그것을 물었다.

“나이가 얼마나 되셨어요?”

“글쎄, 아가씨에게 경어를 들을 만큼은 나이가 먹은 것 같소.”

딴에는 재치 있게 말하려고 한 것 같은데 이 정도의 유머감각이라면 틀림없이 노털축에 포함된다고 그녀는 생각했다.

“그런 대답이 어딨어요? 스물아홉이면 스물아홉, 서른이면 서른, 딱 부러지게 말씀하셔야지요.”

또 말이 끊어졌다.

둘은 묵묵히 C를 향해 걷고 있었다.

정말 사내는 요령부득인 것 같았다. 웬만한 남자 같으면 여자를 이렇게 지루하게 내버려 두지는 않았을 것이었다. 된소리 안 된소리 마구 지껄여가며 거리를 단축시켰을 것이었다. 그런데 이 사내는 무슨 큰 걱정거리라도 있는지 이마에 잔뜩 주름만 잡고 있을 뿐 별말이 없었다. 여자는 속으로 오늘은 참 재수 옴 붙었다고 생각했다. 혹시 이 사내가 자신의 신분을 눈치챈 것인지도 모른다고 생각하니 맥이 탁 풀렸다. 어쩐지 처음부터 별로 사내의 반응이 신통찮았던 것부터가 이상하긴 했다.

한번도 들통나 본 적이 없는 자신의 신분이 별 꼴같지 않은 사내에게 눈치채였다고 생각하니 여자는 여간 불쾌한 것이 아니었다. 다른 사내들 같았으면 이미 수작을 걸어올 시간이 지나 있었는데도 사내는 여전히 벌판으로부터 말발굽 소리를 내며 달려오는 겨울바람을 정면으로 부딪치며 걷고 있을 뿐이었다.

둘은 그렇게 말없이 걸었다.

그들이 C에 도착한 것은 1시 55분이었다. ㅅ 역에서 C까지 30분이 채 안 걸려서 온 것은 그녀로서는 처음 있는 일이었다. 그러나 5분 먼저 도착했다고 해서 상처 입은 자존심이 회복되어지는 것은 결코 아니었다.

미군부대가 있는 C에 도착하자 국도 좌우엔 가로등이 길게 늘어서 있어서 마치 대낮같이 밝았다. 그녀는 사내 쪽을 쳐다보았다. 역 앞의 흐릿한 불빛에서 보았을 때보다 훨씬 자세히 사내를 볼 수가 있었다.

사내는 생긴 것도 별로 볼품이 없어 보였다. 텁수룩한 수염에, 어울리지 않는 신사복과 철지난 넥타이 차림의 촌스러운 사내를 보자 그녀는 울화통이 치밀었다.

바로 그때였다.

그동안 아무 소리도 하지 않고 걷던 사내가 우뚝 걸음을 멈추고 서서 그녀를 쳐다보는 것이었다.

그녀는 속으로 쾌재를 불렀다. 바로 옆에 아크릴로 된 '은하여관'이라고 쓰여진 간판이 보였기 때문이었다. 그녀의 경험으로는 대부분의 남자들이 이곳을 그냥 지나쳐 간 적이 없었기 때문이었다.

그랬다. 남자들은 처녀 하나를 그냥 줍는 듯한 기분으로 그녀를 끌고 여관으로 들어갔고 대여섯 시간 후면 그녀는 곯아떨어진 그 남자들의 호주머니 속에서 지갑을 뒤져갖고 나와 사라지곤 했던 것이다.

그러나 사내는 입을 열지 않고 그녀를 쳐다만 볼 뿐이었다. 그러자 그녀는 사내가 여관 앞에 선 것이 결코 자신을 그 여관으로 끌고 들어가려는 의도가 아님을 문득 깨달았다.

순간 그녀는 사내가 무서워졌다. 어쩌면 지난날 자신이 턴 사내들 중의 하나일지도 모른다는 생각이 불현듯 뇌리를 스치고 지나갔기 때문이었다.

그녀는 느닷없이 사내의 뺨을 한 대 힘껏 후려치고 이렇게 선수를 쳤다.

"사람 잘못 봤어요. 난 그렇게 호락호락한 여자가 아니란 말이에요."

그리곤 획 몸을 돌려 가로등 아래를 또박또박 걸어가며 모든 신경을 등 뒤로 집중시켰다. 곧 사내가 달려와 목덜미를 낚아챌 것만 같았기 때문이었다. 그러나 그녀의 목덜미를 움켜쥔 것은 사내의 손이 아니라 사내의 떨리는 음성이었다.

"그건 오해올시다. 오해올시다. 우리 집은 은하여관 바로 뒷집이고, 난 헤어지기 전에 아가씨에게 인사말이라도…. 아아, 그건 오해올시다."

가로등 아래로 그녀가 사라진 한참 후까지도 사내는 울음 섞인 음성으로 '오해올시다, 그건 오해올시다'만을 중얼거리며 언제까지나 그 자리에 가로등처럼 얼어붙어 있었고, 하늘엔 별이 요란스럽게 출렁거리고 있었다.

흙냄새는 누가 맡는가

손끝에 만져지는 머리칼의 감촉은 기대했던 것만큼의 감미로운 느낌은 결코 아니었다. 하긴 가발假髮에서 감미로운 여자 머리칼의 촉감을 기대한 것부터가 나의 잘못일 것이었다.

나는 책상 서랍 사이에 가발을 끼워 놓고 빗과 아이롱으로 머리형을 S자형으로 만드는 연습을 하고 있었다.

나는 마침내 일류 남자 미용사가 되고 말 것이다. 그것이 여자의 화장품 냄새를 한번도 맡아 보지 못하고 사춘기를 보낸 나의 유일한 꿈이었다. 내 손길을 기다리는 농사일과 내 바짓가랑이를 붙잡고 사정하는 노모老母의 눈물을 뿌리치고 무작정 상경한 이유도 오직 그 미용사에의 꿈을 이루어 보겠다는 집념 하나 때문이었다.

그러나 서울에 올라와서 나는 부끄러운 발길로 숱한 학원의 문을 밀고 들어섰지만, 그때마다 입학을 거절당하고 등을 밀린 채 밖으로 나와야만 했다. 그래도 나는 끝내 미용사가 되려는 꿈을 포기하지 못하고 끈질기게 미용학원을 찾아다녔다. '마지막 한 군데만 더'를 연발하며 나는 서울에 있는 미용학원을 아마 거의 다 돌아다녔을 것이었다.

입학을 시켜달라고 내가 애원을 하자 원장은 이렇게 물었다.

"청년이 굳이 미용사가 되려는 이유는 뭐요?"

그러나 나는 '여자의 머리칼 냄새가 맡고 싶어서요'라고 정직하게 대답하지는 않았다. 그런 대답은 1백프로 입학을 거절당하는 구실이 되고 말 것임을 나는 여러 군데의 학원을 돌아다니면서 이미 터득해 갖고 있었기 때문이었다.

"여자의 아름다움은 머리칼로부터 비롯됩니다."

원장은 무슨 뚱딴지같은 소리냐는 듯 소파에서 엉덩이를 한 번 들었다 놓으며 상체를 내 앞으로 조금 굽혔다. '그래서?'라고 묻는 것 같았다.

"미용사라고 하는 직업은 여자의 아름다움을 창조해 내는 겁니다. 그러나 그것이 반드시 여자만이 할 수 있는 일이라고는 믿지 않습니다. 오히려 남자가 지닌 미美에 대한 감각이 여자들의 아름다움을 좀 더 개성 있는 아름다움으로 만들 수 있다고 믿어집니다. 객관적인 미는 이제 미가 아닙니다. 미는 주관적인 것이고, 그 주관적인 미는 개성의 또 다른 이름입니다. 여자들의 개성을 가장 잘 살릴 수 있는 것은 같은 여자들끼리보다는 오히려 남자의 미적 감각에 의해서만이 가능하다고 저는 믿습니다."

나는 잡지 나부랭이 같은 데서 주워 읽은 것을 횡설수설 되는 대로 지껄여댔다.

원장은 잠시 멍한 표정으로 나를 훑어보더니 이렇게 말했다.

"그래서 남자 미용사가 되겠다는 거요?"

"그렇습니다. 제발 입학을 허락해 주십시오."

나는 한껏 간절한 어조로 그렇게 말하고는 눈물까지 그렁거려가면서 원장의 무릎 위에 두 손을 모아 얹었다.

"알았소. 이렇게 해보겠소. 우리 학원설립 이후 청년이 최초의 남자 입학자가 되도록 말이오."

나는 뛸 듯이 기뻤다. 원장의 주선으로 당일로 입학 수속을 끝내고 하숙집에 돌아와서도 나는 이제 곧 여자의 머리칼 냄새를 실컷 맡을 수 있다는 기쁨 때문에 밤새도록 잠을 이루지 못하고 뒤척거렸다.

다음날, 넓은 교실에는 40여 명이나 되는 아가씨들이 책상에 앉아 서랍 사이에 가발을 끼워 고정시킨 후 선생의 지도에 따라 미용 기술을 배워가고 있었다.

나는 재수가 좋았던 것이다. 아가씨들도 입학한 지가 이틀밖에 안 되었기 때문에 나는 곧 그녀들을 따라갈 수 있을 것 같았다. 더욱이 두 명의 선생 중 한 사람은 줄곧 내 곁에 붙어 서서 개인지도를 해주다시피하고 있었다.

40여 명의 아가씨들이 가끔 내 쪽을 힐끗거리며 쑤군대는 것이 무엇보다 부끄러웠지만 나는 고개를 꺾고 내 책상만 쳐다보았다. 왼손에 잡은 빗으로 가발을 빗어내리며 아이롱을 쥔 오른손으로는 익숙하게 S자형을 만들어 내고 있었다.

내가 40여 명의 다른 학원생들에게 결코 뒤떨어지지 않는 빗

질과 아이롱을 다루는 기술을 익히게 되었을 때쯤 해서였다. 늘 내 곁에 붙어 서 있던 H선생이 걱정스럽게 말했다.

"내일부터는 가발이 아닌 실제 머리를 해야 하는데, 어쩌지요?"

다른 학원생들은 모두 여자니까 둘씩 짝을 지어 서로의 머리를 교대로 사용할 수가 있는데, 나는 짧은 스포츠머리여서 곤란하다는 것이었다. 나는 학원 입학 무렵처럼 다시 암담해졌다.

"한 가지 방법이 있긴 한데…."

"그게 뭡니까?"

나는 어둠 속에서 빛을 발견한 것보다 더 기쁘게 소리쳤다.

"야간학교에 다니는 학생의 월사금을 대신 내주며 모델 노릇을 해줄 사람이 있을지도 모르겠는데…."

월사금이 아니라 그 이상의 뭣을 요구한대도 나는 미용사가 되기 위해서라면 어떠한 희생도 지불할 수가 있었다. 그러나 H선생의 말처럼 그런 모델은 쉬 찾아지지 않았고, 나는 남들이 실제 머리에 아이롱을 대고 갖가지 모양의 머리형을 만드는 동안 내 자리에서 가발만 만지작거릴 수밖에 별도리가 없었다.

그렇게 며칠이 지나자 보기에 딱했던지 H선생이 어느 날 자기의 동생이라며 어떤 예쁘게 생긴 여자를 한 사람 데리고 나왔다. 나는 H선생의 호의에 감사했고, 동생의 그 아름다운(그녀는 학원에 있는 어느 누구보다도 윤기 있고 긴 머리칼을 가지고 있었다.) 머리칼에 손을 댈 수 있다는 사실에 감격했다.

가슴이 벅차서 어쩔 줄 몰라 하는 내가 우스웠는지 H선생은 조용한 웃음을 물고 동생을 가리키며 내게 말했다.

"자, 이제 얘 머리로 그동안 연습해온 대로 해봐요."

40여 명의 학원생들이 호기심어린 눈길로 나를 쏘아보았다. 그러나 나는 손의 근육을 풀어가며 침착하게 빗질을 시작했다. 그녀의 머리칼 냄새가 코끝에 강렬하게 맡아졌다. 그것은 내가 그토록 맡아보기를 희망했던 바로 그 냄새였다.

나는 아찔할 정도의 황홀감으로 그 머리칼 냄새에 취해버렸다. 바로 그 순간이었다. 그녀의 '어맛!' 하는 외마디 비명과 함께 머리칼이 타는 지독한 냄새가 났다. 나는 너무 들뜬 나머지 뻘겋게 달구어진 아이롱을 물수건에 대고 식히는 과정을 깜빡 잊고 그대로 그녀의 머리칼에 갖다 댄 것이었다.

교실에 있는 40여 명 학원생들의 눈길이 웃음을 담고 일제히 내게로 날아왔고, H선생은 난감한 표정을 짓고 있었고, 아름다운 머리칼의 주인은 바닥에 떨어진 몽땅 타버린 머리칼을 움켜쥐고 흐느끼고 있었다.

나는 전기에 감전당한 사람처럼 꼼짝도 할 수가 없었다. 그런 나의 코끝에 어디서 날아왔는지 시골에 두고 온 흙냄새가 또렷이 맡아지는 것이었다.

회귀

진초록의 카페트 위로는 쥬페의 '詩人과 농부'가 흐르고 있었고, 그 음악이 그럴듯하게 들릴 수 있도록 실내의 조명도 적당하게 흔들리고 있었다.

아니, 흔들리고 있는 것은 영구永九의 마음인지도 몰랐다.

영구는 양주잔을 입술에 갖다 대고 코끝으로 그 향내를 맡았다. 일년 내 뼛골 빠지게 농사지은 쌀 수십 가마가 '나폴레옹꼬냑'인가 뭔가 하는 술로는 병아리 오줌만큼밖에 안 된다는 사실이, 그는 참으로 답답하고 억울하게 느껴졌다. '이렇게 해서까지 굳이 장가를 들어야 한단 말인가?' 하고 영구는 생각했다. 하긴 누가 이따위 미친 지랄을 하고 싶어 하겠는가. 다만 자신이 사는 시골에는 마땅한 결혼 상대자가 없기 때문이었다. 반반한 처녀들은 모두 도시로 나가서 도시 생활에 젖어 있다가 도시 남자를 만나 결혼해 버리는 것이었고, 간혹 시골로 되돌아오는 처녀도 있긴 했지만 그들은 대부분이 치마폭에 이상한 소문만 잔뜩 묻혀 갖고 오는 경우가 많았다. 그래서 영구도 이렇게 장가 원정을 나와서 직접 색시감을 물색하는 것이었다. 친구들도 더러는 이런 편법을 써서 예쁜 색시를 꿰차고 시골로 내려와 농사도 짓고 자식새끼도 낳고 뭐 그렇게 잘만 사는 터였다. 건넌말 진

수도 그렇고 샘밭의 외수도 그런 터수였다.

일 년 지은 농사를 모두 돈과 바꿔 갖고 서울로 올라가서 하숙을 하면서 매일을 여자 꿰차러 나다니다보면, 그럴듯한 처녀 하나쯤은 쉽게 구할 수 있는 곳이 서울이라는 동네였다. 인구 8백 만이 북적거리는 터수에 오다가다 만나서 함께 커피도 마시고, 활동사진 구경도 가고, 레스토랑도 가고, 고고홀도 가고, 교외선도 타고 그러다보면 자연 여관도 가게 되는 법이고, 여관만 가게 되면 그다음부터는 매사가 일사천리여서 일 년 농사지은 돈으로 신혼여행 가불한 셈 치고 여자를 데리고 농사짓기 위해 다시 시골로 돌아오는 것이었다.

영구도 그럴 생각으로 서울로 온 것이었다. 하숙을 하며 몇 주일 헤매다가 지금의 혜인을 만난 것이었다. 그런데 그녀를 처음 만난 곳이 고급스러운 데여서 그런지는 몰라도 그녀에겐 밑천이 너무 많이 들어가는 것이 흠이라면 흠이었다. 그러나 어쩔 것인가. 그만큼 예쁜 처녀에겐 그만한 값어치를 치르는 것이 도리가 아니겠는가. 영구는 그렇게 생각했다.

그녀를 처음 만난 곳은 고고홀이라는 곳이었는데, 도대체 고고홀이라는 곳이 어떻게 생겨 먹은 곳인지 상경한 김에 한번 구경할 요량으로 들렀다가

"혼자 온 여자 손님이 있는데 합석하시겠습니까?"

고 묻는 웨이터의 말에 고개를 끄덕인 것이 인연이 된 것이었

다. 그녀가 바로 혜인이었다. 그녀는 마주앉자마자 영구를 유심히 뜯어보더니 이렇게 물었다.

"뭐 하시는 분이세요?"

영구는 솔직하게 시골에서 농사를 짓는다고 말할 용기가 차마 나지 않았다. 생전 거짓말이라곤 해본적이 없는 영구였지만, 그날만은 참 묘하게도 술술 거짓말이 잘도 튀어나오는 것이었다. 예쁜 색시감을 자칫 놓칠까봐 그랬던 모양이었다.

"조그만 장사를 하나 해볼까 하고 장소를 물색중입니다만."

그러자 여자의 눈이 대번에 반짝 하고 빛났다.

"무슨 장사요?"

"글쎄 그것도 아직 결정하지 못했습니다."

"피…잇, 그럼 아직 실업자군요. 실업자가 이런 데 오면 못써요. 우리 이것만 마시고 일어서요."

어린애를 다루듯 그녀는 꽤 노련한 태도로 영구의 자존심을 조금씩 건드리기 시작했다. 그래서 턱없는 영구의 거짓말이 시작된 것이기도 했다.

"아직은 아가씨의 말처럼 실업자지요. 그러나 나이 서른이 넘으니까 안 되겠다 싶어 이젠 뭘 좀 해볼까 하고 시골에서 재산을 정리해 갖고 올라왔는데, 도무지 맘에 드는 게 없구료. 요 앞에 삼호빌딩을 마침 내놨다길래 낮에 가봤더니 16억을 달라는구료. 건물도 낡고 별 쓸모도 없이 지어놔서 임대료도 몇 푼 못받겠더만. 감정사의 얘기도 그만한 가치가 없다는 거고, 그런데도 건물 주인은 꼭 그 값을 받아야겠다니 어디 계약이 이루어질 수 있겠소. 참, 내가 왜 이런 쓸데없는 얘길 하고 있지."

어쩌구 하며 영구는 슬쩍 꼬리를 사렸다. 그것이 사기꾼들의 허풍과는 다르게 꽤 진실하게 받아들여졌던 모양인지 효과는 대번에 왔다. 역시 돈이면 안 되는 것이 없는 모양이었다. 금방 비웃으며 자리를 일어서려던 그녀는 영구가 입으로 돈 몇십억을 입김처럼 토해낸 것만으로 벌써 기가 죽은 모양이었다.

그러면서도 그녀는 무엇이 미심쩍은지 자꾸 이것저것을 묻고 확인하는 것이었다. 그녀는 마지막에 이런 것을 물었다.

"결혼은 왜 아직 안 하셨어요?"

그 말에 영구는 자신도 영 믿어지지 않을 만한 대답을 했다.

"결혼이 불편해서지요. '너는 아무개라는 한 여자하고만 평생을 살아야 한다'는 엄숙한 약속이 결혼이라면, 나로선 그게 매우 지키기 어려운 항목이거든요. 이다음에 늙거들랑 한번 그 결혼이란 걸 해볼 셈입니다."

그러자 그녀가 양쪽 볼에 보조개를 만들며 킬킬거렸다.

"어쩜, 자긴 생각보다 훨씬 진보적인 사내야, 멋쟁이!"

그리고 또 무슨 귀신 씨나락 까먹는 소릴 지껄였는지 모른다. 둘이 술에 잔뜩 취해 밖으로 나왔을 때였다. 영구는 그녀의 체중이 자신에게 실려 오고 있음을 느끼고 의외로 기회가 빨리 와 주는구나 하고 생각했다. 영구는 그녀를 여관으로 끌고 가려 했다. 그러나 여관 앞에 서자 그녀가 영구를 빤히 쳐다보았다.

"이 여관에 묵고 계세요?"

영구는 아차 싶었다. 이럴 줄 알았으면 호텔로 갈 것을 하고 순간적으로 후회했다. 그녀가 다시 양쪽 볼에 보조개를 만드는 웃음을 웃었다.

"하긴 돈이 많은 사람들일수록 돈을 낭비하지 않는다더군요. 자, 빠이빠이!"

그녀는 등을 돌렸다. 영구가 그녀의 어깨를 잡았다. 바로 그 순간이었다. 그녀는 기다리고나 있었던 듯 뒤로 돌아서며 영구의 뺨을 보기 좋게 한 대 후려치는 것이었다.

'철썩'하는 소리가 들리고 영구는 눈앞에 불이 번쩍 났다. 몇 잔 마신 술의 취기가 한꺼번에 유리처럼 박살이 났다.

"돈이면 다 되는 줄 알고 있는 모양인데, 난 댁 같은 남자만 보면 구역질이 나요."

영구는 그 말이 튀어나오는 그녀의 조그만 입술이 한없이 위대해 보이기까지 했다. 느닷없이 귀싸대기를 한 대 맞은 억울함쯤이야, 그런 말을 할 수 있는 여자를 만났다는 것만으로도 충분히 보상되고도 남음이 있었다. 길 가던 사람들의 시선이 따가와 영구는 그녀를 데리고 근처의 다방으로 들어갔다. 그러나 시끄러운 다방 안에서 자신이 한 말이 말짱 거짓이었다는 고백을 영구는 할 수가 없었다. 겨우 그녀의 이름이 혜인이라는 것과 다음 만날 약속을 얻어내는 것만으로 영구는 만족해야 했다.

그러나 혜인은 그 다음번에 다시 만난 영구를 완전히 시골갑

부로 믿고 고급 레스토랑이나 뷔페 등으로 끌고 다니는 바람에 끝내 영구로 하여금 '장가들기 위해 일 년 농사지은 돈을 몽땅 갖고 올라온 촌놈'이라는 고백을 할 수 없게끔 만들어 버렸다.

이젠 갖고 온 돈도 거의 거덜이 났고, 자칫 잘못하다간 이 넓은 서울 천지에 오갈데 없는 신세가 될 것 같았다. 어떻게 해서라도 오늘쯤은 끝장을 보고야 말 일이었다.

"영구 씨, 우리 한 잔씩만 더 할까요?"

혜인은 영구의 그런 심중은 아랑곳없다는 듯 그렇게 말하며 살포시 보조개가 패이는 미소를 지었다. 그 미소만 보면 영구는 그만 사족을 못쓰는 것이었다.

"그, 그럽시다."

나중 일이야 어찌됐든 우선은 그녀의 기분을 다치지 않게 해야 한다고 영구는 생각했다.

음악은 계속 쥬페의 곡이었다. '시인과 농부'가 끝나고 '경기병 서곡'이 흘러나왔다. 그녀가 다시 말했다.

"취해서 영구 씨와 밤새도록 통금 없는 서울 거리를 거닐고 싶어요."

"…."

"잠깐 기다리세요. 아빠한테 오늘 못 들어간다고 전화 좀 하고 올게요."

혜인이 전화박스 쪽으로 걸어가자 영구는 온몸이 바짝 긴장되었다. 일이 의외로 쉽게 풀려가고 있는 것 같기도 했다. 한 달이 되도록 색시감을 못 구하면 그냥 내려와서 옆집 순이 하고라도 결혼해서 살라고 하던 어머님의 모습이 문득 떠올랐다. 그 곰보딱지 순이와 결혼하다니, 어머님, 여기 저렇게 천사같이 예쁜 색시가 있는데 왜 내가 곰보딱지와 결혼합니까. 그런데 어머니, 무엇보다 당장 급한 것은 생전 처음 마셔본 이 어마어마하게 비싼 '나폴레옹꼬냑'인가 뭔가 하는 술값을 어떻게 지불하느냐 하는 겁니다. 영구는 속으로 어머니를 불렀다.

전화를 걸러 갔던 혜인이 자리에 앉으며 호들갑을 떨었다.

"결과가 궁금하지 않으세요?"

"어떻게 됐습니까?"

"내 음성으로 결과가 느껴지지 않아요? 나, 오늘은 집에 안 들어가도 돼요. 아빠에게 거짓말을 했어요. 영구 씨를 위해서."

영구는 왠지 초조해지기 시작했다. 왜 가장 중요한 시기에 와서 이토록 초조해지는 것일까? 이 고비만 넘기면 모든 일이 순조롭게 되어질 텐데. 왜 이렇게 초조해지는 것일까. 혜인씬 색시감으로는 만점인데….

"그런데, 영구 씨 오늘 참 이상하다. 조금 우울해 보이는데, 무슨 일이 있었어요?"

"실은…."

영구는 모든 걸 털어놓고 싶었다. 그런데 이상하게도 그게 잘 되어지지 않았다. 어디서부터 얘길 시작해야 될지 아뜩하기만 했다.

"뭔데요. 말씀하세요. 뭐가 잘 안되고 있어요?"

영구는 머리를 가로저었다.

"아, 아닙니다. 실은 잔돈을 바꾸어갖고 나올 시간이 없어서 그냥 나왔는데, 수표로 술값 계산을 해도 괜찮을까 해서…."

"얼마짜린데요?"

"액수가 좀 큰 것밖에 없어서…."

기왕에 시작한 거짓말이니 끝장이야 어떻게 나던 가는 데까진 가볼 셈이었다. 그러나 다행스럽게도 혜인이 핸드백을 뒤적이더니 이렇게 말하는 것이었다.

"내게 마침 잔돈이 있군요. 10만 원짜리 수표가 몇 장 있으니 우선 이걸 쓰시고 나중에 갚아요."

라며 세 장의 수표를 꺼내 테이블 위에 올려놓고 손끝으로 밀었다. 영구는 속으로 다시 어머니를 불렀다.

'어머님, 아무래도 내가 색시감 하난 일류로 골랐는가 봅니다.'

영구는 그 수표로 계산을 끝내고 혜인과 함께 호텔로 들어갔다. 호텔방에 들어서자 혜인은 영구에게 '뒤로 돌아서세요.'라고 말한 후 옷을 훌훌 벗어 던지고 욕실로 들어갔다. 욕실에서 샤워하는 물소리가 들렸다. 커다란 타올로 젖가슴과 허벅지를 감싸고 욕실을 나오는 혜인의 모습은 매우 고혹적이었다. 영구는 더 이상 참을 수가 없었다. 알몸의 그녀를 덥석 안아다 침대 위에다 팽개치고 영구가 막 가쁜 숨을 몰아쉬며 자신의 거추장스러운 옷을 벗어 팽개치고 났을 때였다.

혜인이 몸을 빼내며 조용한 음성으로 속삭였다.

"시간은 많아요. 서두르지 말고 우선 샤워를 하고 나오세요. 네."

마음은 급했지만 혜인이 기분을 거스르지 않기 위해서 영구는 욕실로 들어가 샤워를 하고 나왔다. 영구는 혜인이 알몸으로 누워 있는 침대로 다가가서 이불을 걷어 제치고 침대 위에 몸을 올려놓았다. 바로 그때였다.

호텔 방문이 부서지듯 요란한 소리를 내며 열리고 웬 낯선 사내 둘이 들이닥쳤다. 영구는 기겁했다.

"다, 당신들 누구요?"

"누구냐고? 그걸 몰라서 묻냐? 이 새끼야, 남의 유부녀를 끼고 자면서 뻔뻔스럽게 누구냐고?"

혜인은 침대 시트를 끌어당겨서 알몸을 겨우 가린 채 오돌오돌 떨고 있었다. 유부녀라니? 영구는 정신이 아찔했다. 사내가 나이프를 꺼내들고 영구에게 겁을 주었다. 다른 사내 하나가 그것을 말리고 나섰다.

"형님 참으십쇼. 그 사람이 무슨 잘못이 있습니까? 따지고 보면 잘못은 형수님에게도 있는 것이니."

어쩌구 하면서 그 사내를 말리고 영구에게로 다가왔다.

"젊은이도 알아들을 만한 사람 같아서 단도직입적으로 말하는 것이 피차 편할 것 같은데 어떠쇼? 합의를 보는 게. 내가 듣기에 젊은이는 돈을 꽤 갖고 있는 친구라고 들었는데, 적당한 선에서 해결을 봅시다. 시간 낭비하지 말고."

나이프를 들었던 사내가 영구가 벗어 던진 옷들을 샅샅이 뒤지고 있었다.

"뭐야, 이건 아무것도 없잖아. 수표가 어딨어? 임마, 너 돈 어따 뒀어? 얌마 너 돈 어따 뒀냐니까? 이 새꺄!"

그들은 영구를 사정없이 후려쳤다. 영구는 호텔방에서 무릎을 꿇린 채 16억 어쩌구 한 말에 대해서니 고액권 수표 어쩌구 한 말에 대해서도, 아주 솔직하게 털어놓았다. 혜인에게 못한 고백까지도 다 해버렸다. 장가들기 위해 일 년 농사지은 돈을 갖고 올라와 다 썼다고. 그 말을 듣자 그들의 구둣발이 영구의 얼굴과 가슴에서 미친 듯 춤을 췄지만, 영구는 의식을 잃어 가면서도 마음이 홀가분해지는 것이었다.

"밑천만 모지게 들여서 저런 병신 같은 촌놈을 물다니, 내 눈깔도 어지간히 삐었지."

혜인이 두 사내와 함께 호텔방을 나서며 남긴 이 말을 영구는 어렴풋한 의식 속에서 분명히 들었다.

어디선가 순이가 손짓하는 것 같았다. 순이의 곰보자국 하나 하나에 진실한 정이 담겨 있는 것 같은 생각이 들었다. 그렇다 어서 이 오리무중의 서울을 떠나야지. 영구는 그렇게 되뇌이고 있었다.

사표의 이유

광고부 회식사건의 발단은 노래의 지명에서 비롯되었다.

송 전무를 포함한 광고부 남녀 직원 18명은 그날도 여느 달과 마찬가지로 일식집 '삼송'에서 저녁을 먹고 술판을 벌였었다.

직원들 각자의 취향대로 마신다는 명분으로 소주·양주·맥주·정종 등이 고루 주문되었지만 계속해서 한 가지 술만을 고집해서 마시는 경우란 극히 드물었다.

맥주만 마시던 여직원들도 나중엔 양주까지 한두 잔씩 받아 마시고 짬뽕이 되어 취해 있는 상태에서 노래가 돌아갔다.

노래를 다 부른 사람은 다음 차례에 노래 부를 사람을 한 사람씩 지명해 놓고 자리에 앉게 되어 있었다.

그렇게 해서 참석자 전원이 노래를 한번씩 다 부르게 되면 자리는 자연스럽게 파흥이 되곤 했었다. 우선 그때까지 곤혹스럽게 앉아 있던 여직원들이 자신의 의무를 다했으므로 조용히 일어섰고, 누구도 일어서는 여직원들을 다시 잡아 앉히지는 못했다.

누구도 송 전무님에게 노래를 하라고 지명하지 않는 것처럼 그것은 회식에 있어서 하나의 불문율처럼 되어 있었다.

전무님이 지독한 음치라는 소문도 있고, 아는 노래가 한 곡도 없기 때문이라는 소문도 있었지만 그것은 어디까지나 소문일 뿐, 확인된 사실은 아니었다.

그러니까 전무님은 그 반대일 수도 있고, 그 두 가지 모두일 가능성도 있었다. 왜냐하면 광고부 직원들뿐만이 아니라 우리 회사를 통틀어 아직 송 전무님의 노래를 들어본 사람은 아무도 없으니까 말이다.

그러나 중요한 것은 송 전무님이 노래를 하고 안 하고의 문제가 아니었다. 그런 것은 아무래도 좋았다. 정작 중요한 것은 노래를 지명 당했을 때의 전무님 반응이었다.

나는 입사 초기에 꼭 한번 그렇게 낭패한 전무님의 모습을 본 적이 있었다.

그때 광고부장이 '신라의 달밤'을 부른 후 용기를 내어 전무님을 지명하자 전무님은 흡사 사형선고라도 받은 죄수처럼 침통하게 얼굴을 찡그리고 앉아서 담배 연기만 빠끔거리고 있었다.

그날 회식 자리는 엉망이 되었고, 덕분에 광고부장조차도 앞서 전무님께 노래를 시켜서 해고된 다른 직원들처럼, 며칠 후 회사를 그만둔 것은 물론이었다. 전무님은 사장님의 친동생이었다.

직원들 모두는 부장의 해고 원인을 '성역의 침범' 때문으로 간주했다.

"주는 술이나 먹고 기분 좋게 노래나 하면 됐지, 부장, 지가 무슨 투사라고 감히 전무님께 노래를 지명해. 지명하길."

부장의 해고는 다른 직원들에게 지극히 당연한 처사로 받아들여졌다. 그러니까 전무님의 노래를 듣고 싶다는 것은 곧 회사를 그만두고 싶다는 말과 같았다.

그래서 한 달에 한번씩 있었던 광고부 회식의 자리에서 지난 7년간 그 누구도 전무님께 노래를 하라고 지명한 사람은 없었다. 그것은 자신의 밥줄을 끊어 달라는 바보짓임을 직원들은 너무나 잘 알고 있었기 때문이었다.

그런데 사건이 터졌다.

사건이 터진 것은 회식의 파홍이 가까워질 무렵이었다. 노래가 거의 다 돌아 이제 참석자들 중에 노래를 안 한 사람은 윤 차장과 신입사원 미스터 김뿐이었다.

윤 차장이 노래를 다 부르고 당연히 미스터 김을 지명할 줄 알고 있었던 직원들은 모두 긴장했다.

윤 차장이 검지를 송 전무님께 던지며,

"다음은 전무님이 노래를 하십시오!"

라고 말했기 때문이었다.

직원들은 그동안 마셨던 모든 술이 한꺼번에 깬 듯 화들짝 놀랐고, 회식의 자리는 물을 끼얹은 것처럼 조용했다.

숨소리조차 크게 내지 못할 정도였다.

이 숨막힐 듯 답답한 침묵의 끝을 직원들은 알고 있었다.

직원들은 서로 얘긴 하지 않았지만, 모두들 나이 지긋한 윤 차장을 동정하고 있었다.

'처자식도 생각해야지. 저 나이에 회사를 그만두면 어쩌겠다는 건가. 백발이 성성한 저 나이에 어디로 가려고….'

지명을 받은 송 전무님은 납처럼 굳어 있던 얼굴을 풀면서 말했다.

"난 노랠 못해. 그건 여기 있는 여러분들보다 나와 생사고락을 함께해 온 윤 차장이 더 잘 알잖나."

송 전무님의 음성은 사뭇 애원조였다. 그러나 윤 차장은 막무가내였다.

"아무리 노래를 못한다 하더라도 사람이 그렇게 뻔뻔스러워서는 못씁니다. 벌써 남의 노래만 착취해 온 것이 몇 년째입니까. 송 전무님, 이번엔 '송아지'라도 부르십시오."

두 사람의 위태로운 실랑이를 가슴 조이며 지켜보던 18명의 직원들 가슴에도 차츰 미묘한 동요가 일시 시작했다.

그때였다. 신입사원 미스터 김이 자리에서 벌떡 일어섰다.

"자, 여러분 우리 다 같이 박수로 송 전무님의 노래를 청해 들읍시다."

이성을 잃을 정도로 모두들 술이 취해서였을까. 18명의 직원들은 다 같이 옳소, 송 전무님 너무 빼지 마시오, 노래합시다, 어쩌구 하며 손뼉을 쳐대기 시작했다.

회식자리는 여지껏 느껴보지 못했던 이상한 열기 같은 게 넘실거렸다.

그러나 송 전무님도 그리 만만하지는 않았다.

"여러분! 난 노랠 못 부릅니다. 여러분이 자꾸 내게 못하는 노랠 시키면 나는 이 자리에서 팬티를 벗을 수밖에 없습니다."

그러면서 전무님은 자리에서 벌떡 일어서서 혁대로 손을 가져갔다. 누구도 예측하지 못한 행동이었다.

여직원들은 어머, 어머, 하는 비명을 내지르고 고개를 뒤로 돌렸다. 남자 직원들도 더 이상 어쩔 수 없다 싶어 송 전무님의 권위에 이만큼이라도 도전했다는 사실만을 큰 수확이라고 자족하며 '그래, 이젠 미스터 김이 부르고 끝내자'라고 생각을 굳혔는데, 미스터 김은 전무님이 노래하기 전에는 자신도 절대로 할 수 없다면서 강력하게 뻗대기 시작했다. 그러자 윤 차장이 송 전무님의 입가에 잠시 머물러 있던 회심의 미소를 그대로 얼어 붙이는 발언을 했다.

"전무님, 좋습니다. 전무님의 뜻이 정 그러시다면 노래 대신에 그대로 팬티를 벗으십시오!"

송 전무도 아무리 취중이긴 했지만 너무 어이가 없는 듯했다. 적당한 변명도 생각나지 않자 그대로 혁대를 풀고 바지를 내렸다. 그리고 호기를 부려 팬티에 손을 대고 팬티를 아래로 조금 끌어내렸다.

'자, 이 정도면 됐지?' 하는 표정을 짓고 전무가 좌중을 힐끔 둘러보고 다시 팬티를 올리려 할 때였다. 곁에 앉았던 미스터 김이 눈 깜짝할 사이에 손을 뻗어 그 팬티를 발목까지 끌어내렸고, 모든 직원들은 어이? 하는 송 전무의 당황한 감자를 볼 수 있었다.

여직원들은 고개를 돌렸지만 그때 이미 볼 것을 다 본 후였다.

그러나 광고부 회식은 거기서 끝난 것이 아니었다.

송 전무님 곁에 앉았던 여직원이 송 전무의 사타구니에서 못 볼 것을 보고 급히 몸을 돌리다가 팔꿈치로 맥주컵을 스치는 바람에 송 전무의 바지 위로 술잔이 엎질러지면서 사태는 전혀 엉뚱한 방향으로 걷잡을 수 없이 치닫게 되었다.

"전무는…."

'님'자를 빼고 구석에서 직원 한 명이 말했다.

"여기가 사우나탕인 줄 아는 모양이다."

그러자 무슨 약속이라도 하듯

"그래 전무는 우리를 모욕했다."

어쩌구 하며 술을 담은 직원들의 술잔 모두가 송 전무님에게로 던져졌다.

송 전무님이 광고부 회식 자리에서 술벼락을 맞는 망신을 당한 그다음 날부터 윤 차장과 미스터 김은 물론이지만 그날 회식에 참석했던 광고부 직원들은 모두가 좌불안석이었다.

그러나 누구도 전무실이나 사장실로 불려가거나 사표를 강요당하지는 않았다.

친형제인 송 사장이 송 전무의 사표를 수리한 것은 광고부 회식이 있은 지 1주일이 지난 어느 날이었다.

아무리 취중이라고는 하지만 여직원도 있는 앞에서 전무가 팬티를 벗었다는 사실은 품위에 관계되는 문제였다는 것이 사표의 이유였다고 하는데, 그것도 소문이어서 자세한 내용은 알 수 없었다.

목욕탕과 수증기

도대체가 그 중년 사내는 에티켓이라고는 씨알머리도 없는 사람 같았다.

선구가 새벽에 가끔 가는 동네 목욕탕에서 그 중년 사내의 '그런 모습'을 본 것만 해도 벌써 다섯 번이 넘었으니까 말이다.

그 중년 사내는 탕으로 들어가기 전에 자기의 몸을 대충이라도 씻고 들어가는 것이 아니라 몸에 물 한 바가지 퍼붓지 않고 그냥 막무가내로 탕으로만 들어가는 것이었다. 그토록 공중도덕이 결여되어 있는 사람을 선구는 아직까지 별로 본 적이 없었다.

중년 사내는 깨끗한 탕 속에 들어앉아 또 눈을 지그시 감고 조그만 소리로 예의 '쑥대머리'를 흥얼거리고 있었다. 탕 속에는 중년 사내를 포함해 다섯 명이 들어가 물속에 편안히 앉아 물 밖으로는 목만 내놓고 세월아 네월아 하고 있었고, 탕 밖에는 선구를 비롯한 다섯 명이 욕탕 주위에 둘러앉아 바가지로 탕 안의 물을 한 바가지씩 퍼서 열심히 끼얹고 있었다. 더러는 몸에 비누칠을 하는 축들도 있었고, 또는 그냥 물만 끼얹는 사람, 그리고 때밀이 타올로 사타구니께를 열심히 문질러대는 사람도 있었다.

어쨌거나 목욕탕에 들어오는 모든 사람들은 일차적으로 탕 밖에 앉아서 자신의 몸에 물을 끼얹고 나서야 비로소 탕으로 들어가는 것이 통례로 되어있는데 그 중년 사내만은 늘 선구의 그런 소박한 기대를 깨트리고 마는 것이었다.

선구는 그동안 무던히도 참고 또 참아 왔지만 이번에는 더 이상 참을 수 없다는 생각으로 그 중년 사내를 향해 버럭 고함을 질러버렸다. 더 이상 참는다는 것은 위선이거나, 아니면 가뜩이나 높아진 혈압이 터져버리는 걸 기다리는 것에 다름 아니라고 선구는 생각했다.

"내가 그동안 다섯 번이나 봤어. 그런데 한번도 몸에 물을 끼얹고 탕으로 들어가는 걸 보지 못했다구. 도대체 당신에게 공중도덕이라는 것이 있는 건지 없는 건지 모르겠어."

선구가 삿대질을 하면서 그렇게 퍼부어 대자 중년 사내도 지지 않고 대꾸해댔다.

"난 어제 아침에도 목욕한 사람이올시다."

그러니까 중년 사내의 얘기인즉슨 어제 아침에도 목욕을 했으니 몸이 깨끗하다는 말일 터였다. 선구가 이렇게 대꾸했다.

"난 어젯밤에도 목욕한 사람이오."

그러자 탕 안에 있던 사람이나 탕 밖에 있던 사람들이 하나같이 키들키들 웃기 시작했다

중년 사내와 선구가 서로 언성을 높이며 떠들어대고 있는데도 다른 사람들은 누구하나 뜯어말릴 생각없이 키들키들 웃기

만 했다.

그들도 그 중년 사내의 태도가 못마땅하게 생각되어졌던 모양이었다. 마침내 목욕탕 주인이 문을 열고 들어와서 왜 그러냐고 물었다. 선구는 기다렸다는 듯이 중년 사내에게 검지를 던지며 주인을 향해 말했다.

"아니, 이 사람이 내가 오늘 다섯 번째 보는데 아직 한번도 몸에 물을 끼얹고 탕으로 들어가는 걸 보지 못했소. 이 사람 이거, 공중도덕이란 걸 아는 사람인지 모르는 사람인지…."

목욕탕 주인은 두 사람 모두 단골손님이라는 것을 알아서 그런지 대답을 우물거리다가

"탕에 물을 더 받지요."

어쩌고저쩌고하며 밖으로 나갔고, 그 중년 사내도 그냥 슬그머니 자리를 일어서고 말았다.

선구도 탕에 한번 들어갔다 나와서는 밖으로 나왔다. 지금쯤 나가야 집에서 아침을 먹고 출근 시간에 맞춰 회사에 나갈 수 있었기 때문이었다.

선구가 옷을 다 입자 그때까지 기다리고 있던 중년 사내가 다가와서 말했다. 중년 사내는 기분이 몹시 상해 있는 것 같았다.

"당신, 많은 사람들 앞에서 사람을 그렇게 모욕주는 법이 어딨소."

선구는 어이가 없었다. 모욕이건 목욕이건 망신당할 일을 했으면 망신을 당하는 것이 당연하지 뭘 잘했다고 사람을 기다리

면서까지 이러는지 모르겠다고 대들자 목욕탕 주인이 나와서 뜯어말렸다. 목욕탕 주인은 참 적당한 시간에 뜯어말려 주었다.

만약 그 시간에 선구가 목욕탕에서 나오지 못했더라면 아침도 굶을 뻔했고, 출근시간도 늦을 뻔했다.

출근하자마자 전무가 선구를 조용히 전무방으로 불러서 봉투를 내밀며 다시 한번 다짐을 주는 것이었다.

"다른 회사에서도 다들 이 건을 따내기 위해 지금 혈안이 되어 있어. 그러니 우리도 최선을 다해야만 되네. 알겠나. 새로 온 국장이라는 사람이 워낙 청렴결백하다는 소문이 있는 분이니까 절대적으로 봉투를 전할 때는 다른 사람들의 눈에 띄게 해서는 안 된다는 걸 명심하게. 알겠지?"

전무방을 나와서 선구는 자기 자리로 가 관계 서류를 챙겨들고 출입처로 들어갔다. 그러나 그 봉투를 전해줄 사이도 없이 선구는 출입처인 모처의 국장실로 들어서자마자 그 국장이라는 사람을 보는 순간, 그만 가슴이 '철렁'하고 내려앉는 소리를 들었다. 그는 동네 목욕탕에서 다섯 번이나 맞닥뜨렸고, 오늘 아침에는 대판 싸움을 벌였던 바로 그 '쑥대머리'를 부르던 중년 사내였던 것이다.

선구는 모든 일이 다 틀려버렸다고 생각하면서 봉투를 전하는 일마저 포기해버리고 갖고 온 서류를 다시 갖고 나갈까 어쩔까 망설이다가 겨우 서류만 접수시킨 채 그대로 자리를 일어섰다.

바로 그때였다. 돌아서서 나가는 선구를 등 뒤에서 국장이 불러 세웠다.

"이보라구!"

"…."

"자네 날 기억하나?"

"…네."

"내가 다른 사람은 못 믿어도 자네는 믿을 수 있네. 목욕탕 안에서 공중도덕을 상조하던 그 용기 말일세. 이번 일은 자네 회사에 한번 맡겨보도록 하겠네."

국장은 손을 내밀고 악수를 청해왔다. 선구는 국장이 지금 자신에게 새벽에 당한 모욕을 되돌려주는 것이 아니라는 것만은 어렴풋이 느낄 뿐, 국장의 그 말이 지닌 참뜻은 얼른 짚여오지 않았다. 흡사 목욕탕의 수증기처럼 눈앞이 뿌옇게 흐려올 뿐이었다.

우리들의 깡술

모던기획 카피라이터 한달만韓達萬 씨는 막 잠에서 깨어나자마자 그냥 누운 채로 손을 뻗어 머리맡을 더듬거렸다. 그러나 항상 머리맡으로 손을 뻗기만 하면 쉽게 닿아지던 꿀물 그릇은 커녕 오늘은 담배와 재떨이마저 만져지지 않았다.

이상했다.

전에는 늘 잠자리에서 깨어나 채 눈도 비비기 전에, 꿀물을 탄 냉수를 쟁반에 받쳐 들고 들어온 아내가 머리맡에 꿀물 그릇을 내려놓으면서 이렇게 종알거렸었다.

"어제 웬 술을 그렇게 마셨어요. 생각나요? 어떻게 오셨는지. 어휴! 건강도 생각하셔야지 허구헌날 그렇게 깡술만 마시면 천하장사도 못 견딜 거예요. 어휴-. 술을 마시지 말라는 게 아니고 안주와 함께 적당히 마시라는 거예요."

물론 중간중간에 적당한 한숨을 섞어가며 토해놓는 이런 아내의 잔소리 내용은 지난 신혼 1년 동안 거의 토씨 하나 틀리지 않을 정도로 똑같았었다.

그런데 오늘은 그게 없는 것이다. 잔소리도 없고, 꿀물 그릇도 없고, 담배와 재떨이마저도 없는 것이었다. 아니 없는 게 또 있었다. 정작 곁에 있어야 할 아내가 없었다.

그러고 보니 커튼이 드리운 이 방도 낯설어 보였다. 한달만 씨는 퍼뜩 이상한 생각이 들어 이불을 박차고 일어나 앉았다.

그렇다. 분명히 방의 구도도, 이불도, 옷장도, 바닥에 깔린 요도, 숨 쉬는 공기마저도 낯설었다. 왜 진작 그 생각을 못했었던가. 여긴 아내가 잔소리를 하던 내 집이 아니다. 그렇다면 여기는 어디고 나는 왜 이곳까지 왔는가. 한달만 씨는 곰곰 생각해 봤지만, 출감한 송 선배와 무교동에서 깡술을 마시던 것 외엔 아무것도 기억해 낼 수가 없었다.

몇 번 가 봤던 송 선배의 집도 아닌 것이 분명했다. 방안을 다시 한번 휘둘러보았다. 발치께에 주전자와 컵이 놓여있었고, 그 곁에 성냥통과 찌그러진 재떨이도 보였다.

한달만 씨는 그곳으로 엉금엉금 기어갔다. 재떨이를 뒤적여 보니 아직 연기로 몇 모금 빨아낼 수 있는 꽁초가 서너 개 남아 있었다.

그중 제일 긴 놈을 주워서 입에 물고 불을 당겨 연기를 폐부 깊숙이 빨아들였다. 몇 번 밭은 기침이 나왔지만 속은 후련했다.

밤새 수갑처럼 손목에 채워져 있었던 시계를 보았다. 8시 5분 전.

집에서 늘 이 시간에 아파트단지 앞에 나가 통근버스를 타곤 했는데, 아직 정확한 장소도 알 수 없는 여기선 이 시간이, 출근 시간에 이른 것인지 늦은 것인지 한달만 씨는 도대체 감이 잡히지 않았다.

한달만 씨는 출근을 생각하자 뭔가 허전한 기분이 들었다. 1년 내내 듣던 아내의 판에 박은 듯한 그 지겨운 잔소리를 모처럼 듣지 않아서였는지, 아니면 결혼 이후 첫 외박을 했기 때문인지는 잘 알 수 없었다.

한달만 씨는 옷걸이에서 양복을 주워 입다가 퍼뜩, 자신의 허전함이 어디에서 기인하는지를 깨달았다. 어제가 월급날인데, 아내의 손에 월급봉투를 쥐어주면서 지난 한 달간도 쉬지 않고 긁어준 아내의 바가지에 대한 고마움의 표시를 해야 했는데 그것을 못했기 때문이었다.

한달만 씨는 불안한 마음으로 양복 안주머니에 손을 집어넣고 월급봉투를 찾아보았다. 없었다. 월급봉투엔 본봉 수당 등의 합계금에서 사우회비, 세금, 의료보험, 경조비 등을 뺀 명세서가 적혀 있었으며 그 하단엔 4월분 수령액이 표시되어 있었다. 그런데 그 월급봉투가 완전히 없어진 것이었다. 한달만 씨는 눈앞이 캄캄했다.

주머니란 주머니는 모조리 뒤져봤지만 동전 몇 닢만 남아있을 뿐 적잖은 그 돈의 행방은 간 곳이 없었다.

이제 한달만 씨는 아내의 잔소리를 듣고 싶어도 더 이상 들을 수가 없게 될 것 같았다. 그동안 월급봉투만이라도 제날짜에 꼬박꼬박 갖다주니까 그나마 그런 정겨운 잔소리라도 들었지 이젠 어림도 없을 것 같았다. 아내는 당장 보따리를 싸들고 친정으로 갈 것임에 분명했다. 아니 어제의 외박으로 이미 보따리를 쌌는지도 모를 일이었다.

그러나 아무리 생각을 거듭해봐도 어제 퇴근길에 송 선배의 전화를 받고 뛰어나가 반가운 마음에 소주를 네 병인가 다섯 병인가까지 깐 기억밖에는 없었다. 아무리 안주를 많이 시켰다고 해봐야 그깟 소줏값이야 뻔한 건데 월급봉투가 없어졌을 리는 없었다. 더욱이 송 선배와 자신이 원래 깡술 타입이라 안주를 즐겨하지도 않는 터에 그리 많이 시켰을 리도 없다. 그렇다면 혹시 입가심을 한다고 2차나 3차로 맥줏집이나 양주집을 갔던 것이나 아닐까. 가서는 예쁜 아가씨들의 화장품 냄새에 취해 미친놈처럼 팁을 뿌리며 아가씨들을 산 것이나 아닐까? 그러나, 그렇다고 하더라도 월급봉투만은 남아 있어야 옳지 않겠는가. 소중 5병 이후의 기억은 완전히 끊겨 있었다. 아무리 추리를 해보려고 해도 끊긴 필름은 거기서 한 발짝도 앞으로 나가 주지 못했다. 한달만 씨는 지끈거리는 머리통을 두 손으로 감싸 쥐고 열심히 어제 일을 기억해 내려고 애를 쓰고 있었다.

그러자 참으로 희한하게도 문득 한 가지 기억이 되살아났다. 그것은 바로 택시 안이었다. 운전사가 어디로 가느냐고 물었고, 한달만 씨가 '멀리, 아주 멀리'라고 말한 것 같은데, 그 순간 시트커버 위에 엎어져 오물을 쏟아놓았으므로 한달만 씨는 그 대답이 운전사에게 제대로 전달되었는지에 대해서는 자신이 없었다. 신문이나 TV가 나오지 않는 곳으로 갔으면 싶었다. 그러나 이 땅 어디에 그런 곳이 있으랴, 그저 지겨운 광고카피를 피할 수 있는 곳이라면 어디라도 좋겠다고 생각했다. 그러나 아슴아슴한 기억 속에 운전사가 '차고로 들어갈 시간이 이미 지났는데 참 재수 옴붙은 날'이라고 투덜대는 소리만은 분명히 들었던 것 같다.

여기까지 생각하다가 한달만 씨는 머리를 좌우로 세차게 흔들며 방문을 열어제끼고 사람을 불렀다. 더 이상의 답답함을 견디기 힘들었다. 복도 끝에서 중년부인이 미소를 물고 걸어왔다.

"여기가 어딥니까? 내가 왜 여길 오게 됐습니까?"

중년부인은 방문 앞까지 와서 한달만 씨의 얼굴을 빤히 쳐다보고 있었다. 그 눈빛을 보자 한달만 씨는 덜컥 겁이 났다.

"일어나셨군요. 잘 주무셨어요? 어젠 술이 너무 취하셔서…. 생각 안 나시죠? 여긴 금곡에 있는 여관이고…. 여길 왜 오게 됐는지는 저보다 아저씨가 더 잘 아실 텐데…."

한달만 씨는 처음 들은 금곡이라는 지명이 도대체 대한민국 지도의 어디쯤 붙어 있는지 궁금했지만 참기로 했다. 중년부인의 말이 다시 이어졌기 때문이다.

"전혀 기억이 안나세요? 왜 금곡까지 왔는지는 모르지만, 여관에 오시게 된 건…. 어제 버스정류장 앞 길바닥에서 구두를 벗어놓고 비닐을 덮고 자고 있는 걸 방범대원이 발견해서 이곳까지 업고 왔지요. 아마 새벽 2시쯤 됐을 거예요."

어쨌거나 운전사가 이곳까지 태워온 것만은 분명해졌다. 택시의 차고가 이곳이거나, 아니면 한달만 씨가 깨끗한 시트커버 위에 오물을 토해놓은 분풀이로 '멀리' 내다 버린 모양이었다.

"출근하셔야죠. 서울 나가는 버스가 요 앞에서 있으니 어서 세면부터 하세요. 한 시간 정도 걸릴 거예요. 그리고 이거 맞나 한번 세어 보세요."

중년부인이 내미는 것은 놀랍게도 잃어버린 줄로만 알았던 월급봉투였다.

"어제 그 방범대원이 저의 입회하에 손님 주머니를 뒤져 신분을 확인하고 돈도 확인해서 이렇게 겉봉에 금액까지 적어놓고는 제게 보관시켰어요. 아침에 일어나면 드리라고요."

한달만 씨는 월급봉투를 열고 돈을 꺼내 세어 보았다. 돈은 소줏값과 택시비 정도만 비어있을 뿐 월급액 그대로였다.

"이거…. 무어라 감사의 말을 해야 할지…."

너무 고맙고 당황해서 말을 더듬는 한달만 씨에게 중년부인은 미소를 띤 채 손을 내밀면서 말했다.

"자, 이제 술이 깨셨으니 직접 숙박비를 내세요. 5천원이에요."

출근시간이 늦더라도, 아니 결근을 하더라도 한달만 씨는 그 방범대원을 만나보고 싶었다. 만나서 그와 함께 깡술을 마시고 싶었다. 사람과 사람이 가까워지고 서로의 인간적인 온기를 나누는 데는 깡술이 제일이었다. 안주는 좋을수록 우리의 정신과 육체를 취하지 않도록 제어하는 기능을 한다. 그래서 그것은 비겁하다고 한달만 씨는 굳게 믿었다. 먹은 만큼 취하는 깡술처럼 정직한 게 어디 있는가.

어젯밤은 송 선배와 깡술을 마시고 인사불성이 되고 싶었다. 그것이 4월 중순, 결혼 후 최초로 외박을 한 산뜻한 아침, 여관을 나오며 우리의 한달만 씨가 품게 된 조그만 희망이었다.

탈복식

새로 맞춘 양복을 입고 중달中達 씨가 서대문에 있는 회사로 출근하기 위해 잠실 아파트를 나온 시간은 8시 정각이었다. 다른 때에 비해 정확히 15분이 늦은 셈이었다. 평일 같으면 중달 씨는 아마 이 시간에 14번 버스에 실려 신사동쯤 충분히 가있을 법한 그런 시간이었다. 그런데 오늘은 평일보다 집에서의 출발 시간이 15분이나 늦어진 것이다. 그 15분의 오차가 20분이 될지 그 이상이 될지는 한강교가 얼마만큼 막히느냐에 따라 달린 것이지만, 어쨌거나 중달 씨는 오늘 집에서의 출발 시간이 15분 늦어진 것이다.

그것도 전혀 엉뚱한 이유때문에.

중달 씨는 새 양복을 찾아온 어젯밤에도 그랬던 것처럼, 오늘 아침에도 아내의 요구대로 새 양복을 입고 방에서 패션모델처럼 아내의 앞을 빙글빙글 돌기도 하고, 이리저리 걸어다녀 보기도 해야 했기 때문이었다.

집을 나오기 전에 중달 씨는 시계를 들여다보며 조금 짜증을 섞어서 아내에게 말했다.

"출근 시간이 늦겠소."

그러나 아내는 빙그레 여유 있는 웃음을 지어보이며,

"이젠 됐어요. 미안해요. 당신의 출근 시간이 늦어져서 말이에요. 그러나 지금 나가서도 지각은 하지 않으실 거예요. 당신 회사까진 한 시간이면 충분히 가니까요. 자, 그만 나가 보세요. 그리고 오늘 출근하면 동료들이 착복식을 하라고 할 거예요. 그러면 적지만 이걸로 간단히 커피라도 한 잔 대접하세요."

그렇게 말하며 아내는 5천 원권 두 장을 꼬깃꼬깃 접어서 중달 씨의 새 양복 주머니에 넣어주는 것이었다.

이렇게 세심한 곳까지 신경을 써주는 아내가 중달 씨는 고마웠다. 아니 고맙다기보다는 중달 씨는 감격했다. 하긴 말이 났으니 말이지만 그들 부부를 보는 사람들은 대개가 '어떻게 중달 씨 같이 꾀죄죄한 남자가 저렇게 기품이 있어 보이는 부인을 얻을 수 있을까'하고 고개를 갸우뚱해가며 의아스러워했다.

새 양복을 맞춰 준 아내의 의도도 따지고 보면 그런 외부의 눈으로부터 남편 중달 씨를 보호해 보겠다는 지극한 정성이 숨어있을 터이고, 그것을 아는 중달 씨가 어찌 감격하지 않을 수 있겠는가 말이다. 그러나 감격은 감격이고, 늦은 건 늦은 것이다. 8시 15분 전에도 만원이던 광화문행 14번 버스는 중달 씨가 8시 정각에 타려 하자 1분에 두세 명 꼴로 달라붙었는지 불과 15분 차이에 30명도 넘는 승객이 불어난 것이었다.

중달 씨는 겨우겨우 안내양에게, 또는 뒤따라 오르는 승객들의 힘에 밀리고 밀려서, 자신의 의사와는 전혀 상관없이 달리는 버스 속에서 안쪽 깊숙이 들어갔다. 중달 씨가 서 있는 곳은 숨도 쉴 수 없을 만큼 등과 등으로 막힌 곳이었다. 서른 몇 해를 살아오는 동안 이런 답답한 생활은 처음이었다. 숨이 막혀 질식할 것만 같았다.

버스가 어디를 어떻게 달리고 있는지 중달 씨는 도무지 알 도리가 없었다. 다만 그가 알 수 있는 것은 그 버스의 종점뿐이었다. 중달 씨에게 들리는 게 있다면 그것은 다만 버스가 신호 대기에 걸리거나, 정류장에 정차할 때마다 남자와 여자와 소년과 노인과 청년과 학생과 회사원들이 제가끔 내지르는 단속적인 비명소리 뿐이었다. 그리고 그때마다 중달 씨의 등 뒤로, 또는 앞으로 몇 사람의 승객이 기를 쓰고 빠져나가기도 했고, 들어오기도 했다.

시간이 얼마나 지났을까.

중달 씨가 시달릴 대로 시달리면서 종점인 종로 1가에 와서 버스에서 내렸을 때의 시간은 아내가 예측했던 대로 정확히 50분이 소요된 8시 50분이었다. 아직 10분의 여유가 있었다. 도로를 건너서 버스를 갈아탄다면 아내의 말대로 중달 씨는 충분히 9시 안에 회사에 도착할 수 있을 것이었다.

그런데 사고가 생긴 것이다.

분명히 버스를 타기 전에는 새 양복이었던 것이 불과 50분 만에 헌 양복으로 완전히 바뀌어버린 것이었다. 양복이 온통 수세미처럼 구겨진데다가 상의 단추마저 떨어져 나갔으니 아무리 보아도 아침에 아내 앞에서 입고 패션쇼를 했던 그 새 양복은 아닌 것 같았다.

그러나 언제까지나 길가에서 망연자실茫然自失하고 서있을 수만도 없어서 중달 씨는 그대로 길을 건너 버스를 갈아타고 회사에 출근했고, 그래서 지각만은 면할 수 있었다.

중달 씨가 입사 후 아직 한번의 지각도 해오지 않았던 것처럼, 동료들 중의 누가 새 옷을 입었을 때 역시 아직 한번의 착복식도 걸러본 적이 없었다.

중달 씨의 옷이 새 옷이냐, 새 옷이 아니냐에 대해선 동료들 사이에서 다소 논란이 있긴 했으나 그것이 착복식을 거르는 예외가 될 수는 없는 것이었다. 늘 그래왔던 것처럼 퇴근 후 중달 씨를 앞세운 일행은 그 조그만 예식을 치를 장소를 찾아 나섰다. 장소를 매번 바꾼다는 명문이 착복식 조항엔 없지만, 그것은 하나의 관례로 굳어왔다. 새로운 술집을 개척한다는 의미로 시작된 것이지만, 새로운 술집이란 한번 갔다가는 그대로 유야무야 되어버리는 경우가 허다했다. 그도 그럴 수밖에 없는 것이 개척은 대체로 회사와는 먼 거리의 술집을 택하기 때문이었다.

중달 씨는 무교동의 낙지 골목에 즐비한 술집 중의 어느 한 곳으로 일행과 함께 들어갔다.

자리에 앉아서 술이 몇 순배 돌아가자 동료 중의 누군가가 말했다.

"중달 씨! 오늘은 당신이 주인공이니까 우리들이 사는 2차까지 가야합니다."

그 말을 듣고 중달 씨는 가슴이 섬뜩했다. 어떠한 일이 있어도 저녁 9시까지는 귀가해 버릇했기 때문이었다. 그것이 항시 동료들과 2차를 가지 않는 이유였다. 2차까지 가면 3차가 되고 3차가 되면 자연히 외박도 불사하는 동료들의 생리를 중달 씨로서는 이해할 수가 없었기 때문이었다. 왜 이들은 사회의 축소 단위인 가정의 행복, 아내의 사랑을 모르는가가 중달 씨는 의아스러웠다.

낙지 두 섭시를 안주로 해서 소주 네 병과 더 많은 절망의 잔들을 비우고 동료들이 2차를 가기 위해 우르르 몰려서 밖으로 나가고 중달 씨는 혼자 자리에 남아서 그들이 비운 빈 잔들을 바라보았다. 빈 술잔 속에선 아내의 얼굴이 잠시 어른거리다가 사라지고, 뒤이어 동료들이 토해놓은 토막 난 말들이 꿈틀거렸다. 그 꿈틀거림의 주위로는 피가 배어 있었다.

중달 씨는 한번 눈을 질끈 감았다가 떴다. 전에 없던 취기가 오는 것 같았다. 시계를 보았다. 8시였다. 9시까지는 집에 돌아갈 수가 있을 것 같았다. 취기를 털어내기라도 하듯 중달 씨는 머리를 한번 좌우로 흔들고 자리에서 일어서서 카운터로 걸어갔다.

"얼맙니까?"

중달 씨가 그렇게 묻자 카운터에 있는 아가씨는 아침에 아내가 호주머니에 찔러준 돈이 얼마인지를 안다는 듯이

"꼭 1만원이에요."

라며 여유 있게 생글거리는 것이었다. 그런데 이상한 일이었다. 분명히 아내가 꼬깃꼬깃 접어서 넣어준 5천 원권 두 장이 있어야 할 호주머니 속에는 아무것도 잡히지 않는 것이었다. 오른쪽 주머니 왼쪽 주머니 심지어는 속주머니와 바지 뒷주머니까지 뒤져 보아도 아내가 아침에 꼬깃꼬깃 접어서 넣어준 그 5천 원권 두 장은 어디에도 없는 것이다.

무슨 낌새를 눈치 챘는지 카운터에 앉아 있던 아가씨가 입가에 미소를 싹 거두고 주방쪽에 대고 아저씨를 불러댔다.

"아저씨, 아저씨, 빨랑 일루 나와 보세요."

낭패였다. 처음 대하는 험상궂은 사내 앞에서 상황을 설명할 길이 없었다. 중달 씨는 아무 소리 않고 묵묵히 시계를 풀어 내놓았다. 시계를 힐끗 쳐다본 험상궂은 사내가 중달 씨를 향해 말했다.

"보아하니 알 만한 사람 같은데 왜 이러쇼, 이러길. 여기가 이따위 고물 시계나 잡고 외상술 파는 덴 줄 알면 그건 오해요. 어서 돈 내고 이건 도로 가져 가슈."

중달 씨는 더듬거린다.

"돈이…. 오천 원권 두 장이…. 버스, 만원 버스 안에서, 새 양복이…. 쓰리를…."

중달 씨가 채 말을 끝맺기도 전에 험상궂은 사내의 입에서 험악한 말이 튀어나왔다.

"이 친구 무슨 귀신 씨나락 까먹는 소릴 하는지 모르겠네. 돈 없으면 그 걸레같은 우와기라도 벗어놓고 가 새꺄!"

알 만한 사람이 새끼로 둔갑하면서 착복식은 탈복식이 되어 버렸다.

타의에 의해 구겨진 새 양복을 타의에 의해 벗어놓고 술집을 나온 중달 씨는 거리를 달리는 자동차의 헤드라이트의 불빛이 문득 칼날처럼 예리하게 느껴졌다.

생일선물

월세에서 전세로, 전세에서 내 집까지 오는 데 걸린 시간은 자그마치 10년 세월이었다.

이제 고생도 할 만큼 했고 가정도 어느 정도 안정이 됐다 싶은데, 남편이라는 사람이 아직도 가정의 소중함을 모른 채 정신 못 차리고 밤 12시가 넘어서야 귀가하고 있다는 점이 한 가지 흠이라면 큰 흠이라고 최근 그녀는 생각하는 것이었다. 남편 버릇을 어떻게 가르쳐 놨길래 그 모양이냐고 친정 어른들이나 친구들이 가끔 집에 들를 때마다 세금 안 붙는 말이라고 쉽게 한 마디씩 하고 갔지만, 그럴 때마다 자기들도 월간 잡지를 만드는 남자와 한번 살아 보라고 말하고 싶었다. 툭하면 특근이고, 빽하면 야근이고, 심심하면 철야니 그 마누라 되는 사람과 자식새끼들은 남편 얼굴조차 보기 힘들 지경인데 어떻게 남편 버릇 운운한단 말인가. 그래도 우리 남편이라도 되니까 밤 12시가 넘어서라도 기신기신 집구석이라고 기어들어오는거지, 남들 같았으면 어림도 없는 일이었다. 사무실에서 날밤을 새우고 이튿날 사우나 한번 다녀오거나, 아니면 근처의 여관에서 자빠져 자는 일이 다반사였다. 그래서 그 잡지사를 때려치우고 지금은 출판사에 나가고 있는데, 제 버릇 개 못준다고 그 옛날의 습관이 몸에 배어서인지 남편의 퇴근 시간은 밤 12시가 넘는 것이었다.

어쨌거나 그녀는 결혼하고 10년 동안 단 한번도 자신의 생일을 기억해 본 적도 없었지만, 왠지 이번 생일만은 그냥 넘어가기가 억울하기만 했던 것이다. 손가락에 반지도 끼고 싶었고, 목에 목걸이도 하고 싶었고, 귀에 귀걸이도 하고 싶었다. 그렇다고 무슨 값비싼 보석을 원하는 것은 아니었다. 그냥 조그마한 남편의 선물을 받아보고 싶은 것이었다. 그래서 일부러 달력에 빨간 사인펜으로 몇 겹의 동그라미를 쳐두었던 것이었다. 예상했던 대로 남편이 출근하면서 그녀에게 물었다.

"내일이 무슨 날이지?"

"제 생일이에요."

"생일?"

남편은 '생일'이라는 단어를 까맣게 잊고 살아온 사람답게 한참을 그렇게 멍청하게 서 있더니

"알았어, 일찍 들어올게."

하고 나갔다.

점심시간이 지나서 남편에게 생뚱하게 전화가 걸려왔다.

"당신이야? 난데 생일선물은 뭘로 살까? 필요한 게 있으면 말해봐!"

결혼 10년 만에 처음 있는 일이어서 그녀는 사뭇 놀랐지만, 그렇다고 여자가 어떻게 자기 생일에 무엇을 사다 달라고 말한단 말인가. 자기가 그냥 알아서 사올 것이지 그걸 꼭 전화로 물

어봐야 하다니, 한심하기 이를 데 없는 일이 아닐 수 없었다.

"선물은 무슨 선물, 쓸데없는 데 돈 쓰지 말고 그냥 일찍 들어오세요."

눈치 없는 남편은 그녀의 말을 액면 그대로 받아들이고 있는 모양이었다.

"정말 괜찮겠어?"

"당신도 잘 알다시피 내가 무슨 탤런트처럼 멋을 내는 여자예요? 누구처럼 보석을 밝히는 여자예요? 괜찮으니까 일찍 들어오세요. 약속대로 뷔페나 함께 해요."

"알았어."

전화는 끊어졌다.

그러나 남편은 일찍 들어오지 않았다. 또 자정 무렵이었다. 초등학교 2학년짜리 아들 녀석은 늘 아빠의 얼굴을 한번 보고 자겠다고 했지만 아직 한번도 성공한 적이 없었다. 혼자 새우처럼 웅크리고 잠든 아들 녀석이 불쌍했다. 술에 만취가 되어 들어온 남편의 꼬락서니를 보자마자 왈칵 울화가 치밀어 올랐다.

이튿날 아침도 못 먹고(생일날 아침이었지만 화가 나서 밥도 안 했으니 남편이 아침을 못 먹고 가는 거야 지극히 당연한 일 아닌가) 잠 한 숨 제대로 자지 못한 채 기진맥진해서 출근하는 남편을 보자 그게 또 화가 나서 그녀는 다시 한바탕 바가지를 긁어댔다.

"허 선생님 같은 분은 부인에게 매달 용돈을 타서는 그걸 1년

간 꼬박꼬박 모았다가 부인의 생일에 목걸이를 해준대요. 그뿐인 줄 아세요? 그다음 해에는 반지를, 또 그다음 해에는 귀걸이를…."

"알았어. 알았다구."

그렇게 출근한 남편은 퇴근 시간에 정말 정확히 퇴근했다. 남편은 자리에 앉자마자 그녀에게 예쁘게 포장된 조그만 선물을 내밀었다. 그녀는 옆구리 찔러서 절 받는 것 같아 심히 쑥스러웠지만 남편이 알아듣고 선물을 사 온 것만 해도 천만다행이다 싶었다.

"펴 봐!"

포장지를 끄르며 그녀는 왠지 가슴이 설레었다. 결혼식 때도 18금 반 돈짜리 반지 외에는 선물이라는 것을 받아 본 적이 없었으므로 그것은 지극히 당연한 일이었는지도 모른다.

그녀는 떨리는 목소리로 말했다.

"이… 게… 뭐예요?"

"글쎄, 펴보라니까."

포장지를 끄르자 고급스러운 천으로 감싼 아들의 손바닥만 한 크기의 보석함이 나왔다. 보석함을 열자 찬란한 광채를 발하는 다이아몬드가 나왔고 품질보증서라는 것도 있었다. 품질보증서라는 것을 읽어 내려가다가 그녀는 그만 숨이 칵 막혔다.

"이, 이게… 도대체 얼마짜리예요?"

"나도 이제 증권에 투자하지 않고 보석에 투자하기로 했어.

그래서 허 선생처럼 내년에는 반지, 그리고….”

그녀는 어이가 없었다.

다이아몬드 목걸이를 움켜쥐고 남편에게 대들 듯 물었다.

“얼마짜리냐구요?”

“3백만 원!”

그 말을 듣는 순간 그녀는 골치가 깨질 듯 아파왔다.

“아니, 그 많은 돈이 어디서 났어요?”

“아까 말했잖아. 틈틈이 모았던 건데 이제 보석에 투자하겠다고. 자, 당신도 어서 그 목걸이하고 나가지. 밖에 차가 기다리고 있어.”

“차라니? 웬 차예요?”

“응, 택시 잡기가 힘들어서 '나리시'를 빌렸어. 팔레스호텔까지 가려면 아무래도 자가용이 편리할 것 같아서. 더구나 오늘은 당신 생일이잖아.”

그녀는 정신이 하나도 없었다. 도대체 뭐가 뭔지 모를 지경이었다.

대충 화장을 끝내고 외출복으로 갈아입은 후 목에 목걸이를 걸고 거울 앞에 서자 '아름답다'는 생각보다는 자꾸 골치가 깨질 듯 아파오기만 했다.

그녀는 아들과 함께 승용차의 뒷좌석에 탔고 남편은 앞좌석에 앉았다. 팔레스호텔을 가는 동안에도 남편은 계속 머리를 돌려 그녀의 목에 건 목걸이만 뚫어져라 쳐다보았다. 아마 자신이 최초로 선물한 목걸이를 걸고 있는 아내가 대견스러웠던 모양이었다.

그러나 그녀는 골치가 심하게 아파왔다. 아니 골치뿐만 아니라 목까지도 3백만 원의 무게 때문인지 무겁게만 느껴졌다. 그리고 임신했을 때처럼 속까지 메스꺼워 아무것도 먹을 수가 없을 것만 같았다.

팔레스호텔에 도착해서 뷔페가 있는 15층으로 올라가는 엘리베이터를 타려는 남편에게 그녀가 말했다.

"잠시 커피숍에 좀 앉았다 올라가요."

남편은 갑자기 창백하게 질린 아내의 얼굴을 쳐다보며 걱정스러운 듯 물었다.

"아니, 갑자기 왜 그래?"

"곧 괜찮아질 거예요."

아들 녀석이 아이스크림 하나를 다 먹고 화장실로 간 사이 그녀는 핸드백에서 품질보증서를 꺼내들고 꼼꼼하게 다시 살피며 물었다.

"여보, 솔직하게 말해줘요. 이 목걸이 얼마 주고 산 거예요. 내일 당장 가서 바꿔달랄 거니까 솔직하게 말해줘야 돼요."

그러자 남편이 잠시 당황하더니 입을 열었다.

"내가 동그라미를 하나 더 붙인 거야. 실은 30만 원 주고 샀어. 거기 자세히 봐, 큐빅이라고 적혔잖아. 큐빅은 다이아몬드와 똑같대. 그래서 품질보증서 용지도 그걸 쓰는 모양이야. 주식에 투자했던 걸 몽땅 뽑았는데도 그것밖에 안 되는 걸 어떡해."

그러고 보니까 맨 위에 영어로 큐빅이라고 적혀 있었다. 다이아몬드라는 인쇄된 글자만 보고 그녀는 지레 덜컥 겁을 먹었던 것이었다.

남편은 그녀를 속인 게 민망한 듯 뒤통수를 긁적거렸지만, 그 말을 듣고 나자 그녀는 깨질 듯 아파오던 두통과 무겁던 목과 메스껍던 속이 한꺼번에 말끔히 가시는 것 같았다.

화장실에 갔던 아들 녀석이 자리로 와서 앉자마자 그녀는 날아갈 것 같은 음성으로 아들과 남편에게 말했다.

"우리도 어서 올라가 뷔페로 생일파티를 해야지요. 10년 만에 옆구리 찔러서 겨우 받은 목걸이를 걸고서 말이에요."

몸살의 이유

이봉호 씨는 꿈을 꾸었다.

꿈속에서 이봉호 씨는 자신이 살던 집과 집 앞에 있던 공동우물터가 떠올랐다. 지독히도 가난했던 그 시절, 1958~59년 무렵의 연무동은 늘 끼니를 걱정해야 하는 가난한 피난민들만 모여 살았다. 넝마주이, 엿장수, 구두닦이, 막노동꾼들이 모여 있었으므로 연무동鍊武洞을 원래 무술을 연마하는 곳이라는 한자어의 의미대신 '연기 없는 동네'라고까지 부르게 되었다. 연기 없는 동네란 즉 굴뚝에서 연기가 나지 않으므로 모두 끼니를 해먹지 못한다는 뜻이었다.

그때 이봉호 씨를 비롯한 철없는 동네 아이들의 소원은 기름이 자르르 흐르는 하얀 쌀밥을 배가 터지도록 한번 실컷 먹어 보는 것이었다. 아니 그것은 비단 철없는 아이들의 소원만은 아닐 것이었다. 어른들도 마찬가지 소원을 갖고 있었는지 모른다.

이봉호 씨는 꿈속에서 하얀 쌀밥 대신 껄끄러운 보리와 조가 뒤섞인 밥을 맛나게 먹다가 잠을 깨었다. 그렇게 이봉호 씨는 심한 갈증으로 이불 속에서 눈을 떴다.

눈을 뜨자마자 꿈과 현실이 잠시 혼동되다가 차츰 제정신을 차리면서 이봉호 씨는 왠지 잠자리가 허전하다는 생각이 들었다. 그래서 아내가 누워 있던 곳을 향해 손을 뻗어 더듬어 봤지만, 곁에 함께 누워 있어야 할 아내는 없었다. 어둠 속에서 봉호 씨는 몸을 반쯤 일으켜 세우고 비디오의 시계를 쳐다보았다. 디지털의 숫자는 어둠 속에서 5시 30분을 가리키고 있었다. 숫자는 흡사 부러진 골조를 이어 놓은 듯한 모양새였다.

이처럼 이른 시간에 아내는 어딜 간 것일까. 입시생을 둔 집에서야 이른 시간이 아닐 터이지만, 입시생은커녕 이제 겨우 국민학교 4학년짜리 사내아이 하나를 둔 아내가 5시 30분에 증발해 버렸다니 이것은 무슨 사고가 난 것이 분명했다.

이봉호 씨는 자리를 박차고 일어나 불을 켜 놓고 거실과 화장실과 건넌방까지 샅샅이 찾아보았지만 그 어느 곳에서도 아내의 모습은 보이지 않았다. 그렇다고 세상모르고 곤하게 자는 아들 녀석을 깨워 "니 엄마 어딜 갔느냐?"고 물어볼 수는 더욱 없는 노릇이었다.

봉호 씨는 답답해서 담배를 꺼내 물었다. 이 추운 겨울 새벽녘 예기치 못했던 아내의 부재가 가져다준 썰렁함, 아니 황당함에 봉호 씨는 연거푸 담배 연기만 빨아낼 뿐이었다. 거의 줄담배였다. 피우고, 재떨이에 끄기를 얼마나 계속했는지 방 안은 온통 담배 연기가 가득했다. 바로 그때였다. 아내가 도둑고양이처럼 방문을 열고 살그머니 들어선 것은.

"아휴! 이 담배 연기."

봉호 씨는 소리 나는 쪽을 쳐다보았다.

거기 아내가 부챗살처럼 편 손으로 코앞까지 다가선 담배 연기를 휘저으며 말하고 있었다.

"아니 여보, 이게 웬일이에요? 담배를 도대체 얼마나 많이 피웠길래 이처럼 연기가 방안을 꽉 채웠어요?"

봉호 씨는 아내의 말을 무시하고 무뚝뚝하게 물었다.

"어딜 갔다 오는 거요?"

그러자 아내는 기가 막히다는 듯 봉호 씨의 얼굴을 쳐다보고는 생글거리며 외출복을 벗기 시작했다.

"많이 기다렸어요? 난 당신의 곤한 잠을 깨우지 않기 위해서 잠든 사이에 그냥 갔다오려고 했는데…."

아내는 말꼬리를 사렸다.

"어딜 갔다 왔느냐고 물었잖소?"

봉호 씨의 음성이 신경질적으로 변했다.

"잠실 YMCA 수영 강습회에 애 접수시키고 오는 길이에요."

아내는 잠든 아들의 이불깃을 한번 여며주며 그렇게 말했다.

"YMCA?"

아내의 대답에 봉호 씨는 가벼운 실망감을 느끼며 반문했다.

"네. 겨울방학 동안에 수영이라도 배우게 하려고 말이에요. YMCA가 제일 낫대요. 그런데 웬 사람들이 그렇게 많이 밀렸는지. 120명에서 자른다는데 얼마나 많이 모였는지 아휴, 꼭 대입 고사장 같아요."

그러면서 아내는 아들 녀석 이름으로 접수시킨 접수증을 내

놓았다. 봉호 씨는 자신의 엉뚱한 생각이 얼마나 부질없었는가를 다시금 깨달았다. 어쨌든 아내가 새벽 5시 30분부터 나가 추위에 떨면서 기다렸다가 겨우 접수를 시킨 덕분에 사흘 후부터 방학을 맞은 아들 녀석은 수영 강습소엘 다니게 되었다.

그 첫날이었다. 새벽같이 아들의 수영 강습받는 모습을 지켜보기 위하여 따라갔다가 돌아온 아내가 늦은 아침 식탁에 앉으며 안쓰러워 못 견뎌하는 표정으로 봉호 씨에게 말했다.

"그 많은 애들 중에 우리 애가 젤로 못해요. 물을 얼마나 먹었는지…."

그날 밤 아들 녀석은 자다가 몇 번씩 익사하는 꿈을 꿨는지 소스라치게 놀라 깨었다. 이튿날도 마찬가지였다. 사흘째 되는 날도 아들 녀석은 아내의 손에 이끌려 마지못해 끌려가 몇 바가지의 물을 먹고 돌아와서는 이제 죽어도 더 이상 수영은 못 배우겠다고 뻗대었다.

"수영을 배우려면 누구나 다 처음엔 그렇게 물을 먹는 거란다."

어쩌구 하며 아들을 이리저리 달래다가 안 되니까 아내는 봉호 씨에게 구원을 요청했다.

"그렇지요? 여보."

아내의 질문에 봉호 씨는 문득 며칠 전 꾸었던 꿈이 생각났다. 아들 녀석 앞에서 가난하게 살았던 자신의 옛날을 기억해냈다.

봉호 씨가 지금의 아들과 같은 4학년짜리 학생이었을 때 자신의 어머니는 몇 만 원을 내고 수영을 배우러 다니게 하기는커녕, 새벽 3시부터 일어나셔서 송영복 묘포밭 앞으로 달려가 줄을 서서 호미가 차례 오기를 기다리셨다. 귀가 시간은 늘 저녁 무렵이었다. 그렇게 꼬박 사흘간을 일하셔야만 겨우 참고서 한 권을 살 수 있었다. 호미 차례가 안 돌아오면 바람맞고 그냥 발길을 돌리셨던 어머니들이 지금의 YMCA 수영 강습생만큼이나 많았던 그 시절이었다.

그 시절만 생각하면 잊혀지지 않는 게 꼭 한 가지 있다. 한동네에 사는 형들이 광교산 시루봉으로 나무를 하러 가던 날 좇아갔을 때의 일이었다. 그는 다른 형들의 반밖에 안 되는 짐을 지고 근 이십 리 길을 되짚어 올 때였다. 걸음을 옮길 때마다 등에 진 짐이 왜 그렇게 무겁게만 느껴졌는지, 물론 젖은 나무여서 무겁기도 했겠지만, 양쪽 어깨와 등에서는 꺼풀이 벗겨져 쓰라리다 못해 핏물이 밸 정도였다.

하지만 형들의 대열에서 뒤처지지 않으려고 이를 악물고 기를 써서 걸었다. 다섯 명의 형들 중 누구도 그의 무거운 짐을 대신 지어줄 사람은 없었다. 그것은 형들이 그만큼 지쳐 있었다는 증거이기도 했다.

새벽같이 주먹밥 한 덩이씩을 싸들고 나온 형들은 이마에 맺힌 땀방울을 씻어가며 걷고 있었다. 그가 너무 자주 쉬니까 결국 형들과는 거리도 벌어지더니 종래는 형들의 모습조차 보이지 않게 되었다.

시루봉과 광교산을 다 내려와 광교산 아랫말의 작은 동산까지 와서 그는 결국 내부부터 끊임없이 속삭이는 유혹에 넘어가고 말았다. 그 유혹이란 나무가 너무 젖어서 무거우니까 이쯤에서 나무를 풀어서 널어놓으면 볕이 좋으니까 금방 마를 것이고, 다음날 오면 산을 오르지 않고서도 아주 가벼운 나무 한 짐을 지고 갈 수 있지 않겠느냐는 것이었다. 그래서 그 동산이 따가운 햇살 아래 젖은 나무를 늘어놓고 맨몸으로 그는 돌아왔다.

봉호 씨의 얘길 귀 기울여 듣던 아들 녀석이 물었다.

"아빠, 그래, 그다음 날 가서 그 나무를 가져왔어요?"

무심코 봉호 씨는 고개를 가로저었다.

순간 아들 녀석이 잽싸게 물고 들어왔다.

"다음날 못 가신 이유가 뭐예요?"

"응, 그것은…. 저 말이다…. 벌써 30년 전인데, 그래, 몸살 때문이었다."

그러자 아들 녀석이 아내를 향해 말했다.

"엄마, 들었지요? 그때 아빠도 나처럼 이렇게 몸살이 나서 못 갔대잖아요."

그날 아내는 잠자리에 들기 전까지 아들 녀석의 이마를 짚어 가며 투덜거렸다.

"30년 전이면 벌써 거름이 되어도 300번도 더 되었을 그깟 나무 얘기를 해가지고, 기껏 수영을 배우려는 애의 몸살을 유도시킬 건 또 뭐예요."

아내의 쫑알거리는 바가지를 들으면서 이봉호 씨는 아들 녀석과 자신의 몸살이 결코 같지 않음을 설명하려 했지만, 그것을 어디서부터 어떻게 설명해야 좋을는지 몰라 그만 입을 다물고 말았다.

안녕히 주무세요

'늦게 배운 도둑질이 날 새는 줄 모른다'고, 나이 서른이 넘어서 배운 화투라는 것에 나는 그만 퐁당 빠져서 헤어나오지를 못하고 있었다. 아내가 나를 싫어하는 것도 따지고 보면 바로 그 화투 때문이라는 걸 나도 바보천치가 아닌 다음에야 전혀 모르는 바 아니지만, 그래도 이번 일은 해도 너무했다 싶은 것이 나의 솔직한 심정이었다.

까놓고 말해서 내가 아직도 화투를 만지고 있는 것은 화투로 뭐 큰 떼돈을 벌어 재벌이 되겠다거나, 그동안 심심풀이로 잃어온 돈 몇 푼의 본전 생각이 간절해서는 결코 아니다. 그런 이유에서라면 나도 애초부터 피서지에서 그따위 너절한 내기 화투 따위는 치지도 않았을뿐더러 아내에게 '구제불능'이라는 지독히 모욕적인 언사도 듣지는 않았을 것이다. 말하자면 나에게 있어 화투는 그저 무료함을 달래주는 담배와 같은 구실을 하고 있을 뿐인 것이다.

우리의 귀와 눈에 이미 익숙해져 있는 것 중에 기왕에 담배를 배운 사람을 소구 대상으로 하고 있는 한 제약 회사의 광고 헤드라인에 '담배를 끊느냐? 비타민을 보충하느냐?'하는 것이 있다. 그러나 대다수 사람들은 담배가 비타민의 혈중 농도를 저하시킨다는 말에 겁을 먹기는커녕, 그쯤은 아내 애정의 요 위의 농도만도 훨씬 못하게 생각하는 것이다. 내가 화투를 끊지 못하는 것도 아마 그와 비슷한 것일 것이다.

어쨌거나 노름판이나 피서지나 둘 다 눈 깜박할 사이에 호주머니를 털리는 것은 매한가지지만, 피서지에서는 그래도 여유가 좀 있는 편이다. 노름판 같으면 어느 골 빈 자식이 돈 잃러왔으니까 당연하다는 듯 펑펑 잃고 가겠는가만, 피서지에서는 음료수와 식사와 숙박비 등이 몇 배로 껑충껑충 뛰고 또 뛰어도 대부분의 사람들은 돈 쓰러 왔으니까 당연하다는 듯 펑펑 쓰고 가지 않는가 말이다.

내가 아내에게 '구제불능'이라는 말을 듣게 된 것도 따지고 보면 그 어처구니없는 바가지요금 때문이었다.

회사에서 나온 휴가비 10만 원으로 어딜 갈 것인가를 아내와 의논했을 때 아내는 대뜸 인천 근교의 G섬이 좋다고 들었는데 웬만하면 그곳으로 가자고 졸라댔고 나는 다른 마땅한 곳이 생각나지 않았으므로 그렇게 하기로 했다.

그러나 G섬에 도착하면서 아내와 나는 동시에 실망하지 않을 수가 없었다. 아담하고 깨끗한 섬이길 기대했던 것부터가 애초 잘못이라면 잘못이었지만, 섬 전체가 지저분한 것은 그렇다 치더라도 등허리가 배는 딱딱한 널빤지 몇 장 깔아 놓고 지붕만 겨우 씌워놓은 토끼장 같은 데를 방갈로라고 이름 붙여 서울의 호텔비를 받아 내지를 않나, 몇백 원짜리도 안 되는 찌개 한 그릇에 몇천 원씩을 받아 내지를 않나, 이건 도무지 말씀이 아니었다. 일주일 예정을 반으로 앞당겨도 우리의 휴가비는 금방 거덜이 날 형편이었다. 그렇게 울화통이 치민 상태에서 만난 것이 바로 옆방인 방갈로 2호실에 묵고 있는 녀석이었다. 녀석은 바가지요금이 즐겁고 재미있다는 듯 함께 온 아가씨와 히히대며 유유자적했고, 나는 까닭 없이 녀석이 증오스러웠다. 녀석의 개기름이 번지르르 흐르는 얼굴이나 나이에 비해 약간 비대해 보이는 몸집이나, 노래를 부를 때 높이지 않아도 좋을 부분에서 음을 높이는 것처럼 대화 중에도 괜히 몇 옥타브쯤은 높여서 히히거리는 꼬락서니가 내게는 아무리 좋게 보아주어도 영락없는 개새끼였다.

나는 부족한 휴가 비용을 충당하기 위해 녀석을 씌우기로 마음속으로 작정했다. 그리고 낚시꾼이 밑밥을 던져주는 것처럼 '꾼'다운 노련한 태도로 녀석에게 접근했다.

"형씨, 술을 좋아하십니까?"

녀석은 그 특유의 징그러운 히히 소리를 내며 고개를 주억거렸다.

"그럼 이따 저녁에 한잔하러 옆방으로 건너오십시오. 사놓은 술이 있는데 마누라쟁이 성화 때문에 도무지 혼자선 먹을 기회가 없구료."

녀석은 이 말에도 그저 히히거리며 웃어넘기더니 불쑥 이렇게 한마디 했다.

"사모님이 굉장한 미인이십니다. 히히."

개새끼. 나는 녀석의 귀싸대기를 올려붙이고 싶었지만 조급하게 감정을 드러내지는 않았다. 그것은 결코 '꾼'다운 행동이 못됨을 알고 있었기 때문이었다.

나는 입가에 꽃잎같이 피어나는 웃음을 물었다. 이럴 때일수록 침착해야 한다는 것을 나는 경험을 통해 진작에 터득했으므로, 거기서 나는 한술을 더 떴다.

"형씨가 그렇게 봐주셨다니 영광입니다."

나는 사뭇 겸손한 체 대꾸하고 다시 이렇게 덧붙였다.

"괜찮다면 형씨 '부인'도 함께 오셔서 우리 마누라쟁이와 얘기도 좀 나누게 하시지요. 남자들이 술 마실 동안 여자들이 심심할 테니까 말입니다."

나는 일부러 '부인'이라는 말에 악센트를 주었지만 녀석은 기다, 아니다, 아무런 설명도 하지 않은 채 그저 히히거리며

"그럼 조금 있다가 가겠습니다."

라고 말했다. 그리고 녀석은 방갈로 쪽으로 걸어갔고, 나는 개펄에 머리를 쑤셔박고 몸부림치는 오후 2시의 요란한 햇살을 비치파라솔 아래에서 쳐다보며 회심의 미소를 짓고 있었다. 드디어 녀석은 나의 그물에 걸려든 것이다.

녀석이 내 방문을 노크한 것은 아내와 내가 막 남녀 체온의 가·감·승·제 법을 끝내고 저녁을 먹으러 나갈까 어쩔까 얘기하며 옷을 주워입고 있을 때였다.

아내는 후다닥 놀라며 속삭이듯 물었다.

"여보, 누굴까요?"

나는 태연하게 대꾸했다.

"응, 아까 밖에서 요 옆방 친구를 만났는데 한번 놀러오라고 했더니 아마 지금 온 모양이오."

나의 말을 듣는 순간 아내의 표정이 금방 어두워졌다. 직감적으로 무엇인가 불길한 예감에 사로잡혀 있는 것 같았다. 그러나 나는 모르는 척하고 그냥 방문을 열어 그들을 맞이했다.

그들이 들어오자 아내는 기특하게도 밝은 표정을 지으면서(지으려고 애쓰면서) 서울을 떠나올 때 사갖고 왔던 제과점의 과자 부스러기 등을 꺼내놓고 권하기도 했다.

"좀 드세요. 뭐 대접할 것도 없고…."

도둑질도 손발이 맞아야 한다던가?

나는 속으로 쾌재를 불렀다. 지금 아내의 태도는 녀석의 경계심을 풀게 하는 데는 아주 그만이었다. 나와 아내는 위로 올라가고 녀석과 아가씨는 침상에 엉덩이를 걸치고 앉아서 하나뿐인 술잔을 돌려가며 시시콜콜한 얘기들을 주거니 받거니 했다.

아내가 문득 생각난 듯 그들을 향해 물었다.

"참, 식사들은 어떻게 하셨어요?"

아가씨가 웃음을 띤 채 녀석의 얼굴을 쳐다보며 아내의 말을 받았다.

"식사하러 나가는 길인데 이 사람이 잠깐 들리자고 해서 왔어요.”

그러자 녀석이

“그럼 나가서 저녁식사나 합시다.”

하고 점잖게 제안해 왔지만 나는

“글쎄, 저녁 먹기는 좀 이르지 않을까….”

어쩌구 하며 꿍쳤다.

인삼주 한 병의 취기가 슬슬 찾아오기도 했지만, 나는 화투가 하고 싶어서 안달이 날 지경이었다. 왜냐하면 내일 아침이면 나는 바가지 없는 피서를 향해 이 개떡 같은 섬을 떠나기로 이미 아내와 합의를 보았기 때문에 시간이 촉박했다.

나는 녀석에게 자연스럽게 저녁내기 화투를 치게 하는 데 일단은 성공했다.

물론 나의 아내와 녀석의 아가씨도 작전상(?) 합세시켰지만 그 두 여자는 모두(특히 아내가 더 그랬지만) 화투를 친다기보다는 지겨운 그림책을 대하는 꼴이었다. 어쨌거나 나는 실력을 발휘할 것도 없이 그 판을 가볍게 끝내주었다. 섬에 들어와서 내 돈을 내지 않고 먹는 식사는 제법 별미別味였다.

식사 후 우리는 다시 방갈로로 돌아와서 화투를 쳤다.

먹기 내기로부터 시작하여 화투판은 서서히 돈 놓고 돈 먹기 쪽으로 기울어졌다.

아내는 몇 번 그만두라는 말을 지껄이다간 피곤하다면서 한 구석에 모로 쓰러져 눈을 감았고, 녀석의 아가씨도 자기 방에 가서 쉬겠다면서 꺼져버렸다.

판돈이 쌓이고 차츰 녀석의 눈에도 핏발이 돋으면서 처음의 히히대던 그 징그러운 웃음은 자취를 감추었다.

나는 유쾌한 기분이 들었다.

그러나 그것도 잠시였다. 어떻게 된 셈인지 판돈은 내게서 슬금슬금 녀석의 앞으로 건너가 쌓이기 시작했다. 이상한 일이었다.

마침내 나는 판돈을 다 잃고 잠든 아내를 깨워 비상금이라도 달라고 졸라대기에 이르렀다.

아내는 잠결에 귀찮다는 듯 핸드백을 던져주고는 다시 누웠다.

내가 그 아내의 비상금마저 바닥을 낸 것은 새벽 2시가 거의 다 되어서였다.

녀석은 딴 돈을 양쪽 호주머니에 침착하게 다 챙겨 넣고는 처음의 그 징그러운 웃음을 히히거리며 방을 나갔다. 이런 인사말을 남겨둔 채.

"선생님도 참 화투를 어지간히 좋아하십니다그려. 그럼 내일 다시 뵙지요. 자, 안녕히 주무세요. 히히…."

물론 녀석의 말대로 나는 아내의 곁에서 '안녕히' 잤다. 적어도 다음 날 아침 아내가 깨어나 그 전말을 알아채기 전까지는.

|제 4 장|

북두칠성은 아름답다

부전자전

초겨울 저녁 무렵이었다.

오늘같이 비가 낡은 화면에서처럼 추적거리는 날이면 나는 아내에게 우산대로 두들겨 맞던 저 광화문 네거리에서의 그날이 어김없이 떠오르는 것이었다.

남편이 오죽 못났으면 자기 마누라에게 얻어터지냐고 하실 분이 계실지도 모르지만 그것은 당시의 상황을 잘 모르고 하시는 말씀이다.

당시 결혼한 지 얼마 되지 않은 아내에게, 더욱이 임신 8개월인 아내에게 어떻게 신체 건강한 남편이 폭력을 행사할 수 있었겠는가 말이다. 만약 그때 아내 몸에 손찌검을 했다면 오히려 그것이 이상한 일일 터였다.

처형에게서 걸려온 전화가 아니었더라면 토스트 한 쪽으로 아침을 대신하던 나는 그날이 아내의 생일이라는 사실을 까맣게 모르고 있을 것이었다.

새침데기 아내는 끝내 자기 생일을 내게 말하지 않고 자신도 그냥 토스트 한 쪽으로 아침을 때우고 출근을 서두르고 있을 때였다.

"몰랐어? 이런, 쯧쯧…."

처형은 한심하다는 듯 혀끝을 차며 저녁때는 꼭 미역국이라도 끓여주라고 말하면서 차갑게 전화를 끊었다.

처형의 전화를 받고 머쓱해진 내가 아내를 돌아보았다. 아내는 소파에서 무거운 배를 움켜쥐고 막 일어서고 있었다.

서대문에 있는 내 회사와 삼선교에 있는 아내의 학교는 서로 출근시간도 비슷했고, 방향도 비슷해서 아침마다 같이 버스를 타고는 했다.

"누구예요?"

아내가 물었다.

"처형 전화인데 왜 얘기 안 했어?"

"뭘요?"

아내는 끝내 시침을 떼고 있었다.

"오늘이 당신 생일이라면서 왜 얘길 안했냐구?"

나는 까닭없이 화가 나서 언성을 높였다. 그러자 아내도 발끈해서 말했다.

"자신의 생일이 언제라고 얘기하는 못난 여자가 어딨어요? 남편이 다 알아서 챙겨 주어야지요."

하긴 그랬다. 연애시절만 해도(한 3년 연애를 했는데) 나는 아내의 생일을 용케 기억했다가 생일날이면 늘 장미꽃이라도 선물하면서 저녁을 함께한다거나 아니면 연극 구경을 함께 가자고 했는데, 결혼을 하면서부터는 모든 게 뜻대로 되지 않았다. 갑자기 바빠진 회사의 업무량 때문인지, 아니면 이제 결혼까지 했겠다 배까지 부르니 자기가 어쩌겠는가 싶어서 그랬는지도 혹 모를 일이었다.

하긴 처녀시설 아내는 빼어난 미모 때문에 쌓이는 좋은 혼처를 종내는 다 마다하고 집에서 반대하는 나와 결혼을 한 것이었다. 불알 두 쪽밖에 없는 가난뱅이 남편을 선택했으니까 자신의 생일조차도 남편이 다 알아서 기억해 주길 기대하고 있을 밖에는 별도리가 없을 터였다.

그런데 결혼 첫해부터 이 모양이니 아내는 몹시 마음이 상해 있을 것이었다. 그날이 마침 토요일이어서 점심을 함께하기로 약속했었는데, 중요한 거래처 손님이 오는 바람에 그와 함께 점심을 먹고 난 후에 아내가 도착한 것이었다.

"나는 점심을 먹었는데 어떡하지?"

그 말에 아내는 아무 소리 없이 피고 있던 우산을 접었다. 임산부가 저렇게 비를 맞으면 안 되는데 싶기도 했다. 그래서 내가 말했다.

"마침 내게 연극표가 한 장 있는데, 요 앞에 있는 극장에 가서 한 두세 시간만 있다오면…."

말을 마치기도 전에 아내의 우산대가 나의 얼굴을 향해 날아든 것이었다. 전혀 무방비 상태의 얼굴, 가슴, 다리를 종횡무진 날던 그 우산이 길가에 버려졌을 때는 길 가던 사람들이 그 묘한 풍경을 모두 다 쳐다보고 난 후였다. 사람들은 달밤에 체조한다는 말은 들어봤을지 모르지만, 대낮에 임산부의 아내가 건강한 사내를 우산대로 때리는 모습은 아마 처음 보는 모양이었다.

아내는 우산대를 팽개치고 막 다가온 택시 안으로 무거운 몸을 싣고 떠나버렸다.

나는 잠시 망설이다가 뒤따라오는 택시를 집어타고 곧장 아내를 뒤좇았다.

물론 그날 집에서 내가 아내에게 손이 발이 되도록 빌었다거나, 출퇴근 시간을 지킬 것과 출산 후 직장을 그만둘 것 등을 약속했다는 말은 하지 않기로 하겠다. 그것이 벌써 8년 전의 일이기 때문이다.

아내는 첫애를 낳아 놓고는 약속대로 학교에 사표를 냈다. 집에 들어앉아 다른 부인네들처럼 남편의 월급만 가지고 아이를 키우며 살림만 하고 있는 것이다.

그런데 오늘 아침, 우산을 챙겨 주지 않아 비닐우산을 사 쓰고 퇴근한 내게 아내는 걱정스럽게 말하는 것이었다.

아들 녀석이 학교가 끝나면 2시 반에 나가던 태권도 도장을 어느 날 4시 반으로 옮겨 달라고 해서 아무 생각 없이 그렇게 했다는 것이었다. 그런데 4시 반으로 옮겨서 한동안 잘 다니던 태권도 도장을 아들 녀석은 느닷없이 6시 반으로 옮겨 달라고 해서 아내는 별생각 없이 숙제를 끝내놓고 홀가분하게 나가는 것도 좋겠다 싶어서 그러라고 허락했다는 것이었다.

그런데 비가 추적거리며 내리는 오늘, 아들 녀석은 눈물을 찔끔거리며 집으로 왔다는 것이다.

아들 녀석이 2시 반에서 4시 반으로 다시 6시 반으로 옮긴 것은 자기보다 3학년 위인 5학년짜리 어떤 여학생 때문이었다는데, 아들 녀석은 그 여자애를 아마 짝사랑하고 있었던 모양이라고 아내는 말했다.

그 여자애가 4시 반에서 6시 반으로 옮기니까 자기도 그녀를 따라서 무작정 옮긴 것이었다. 그런데 오늘은 비도 오고 그래서 하루쯤 쉬게 할까도 생각했었지만 아들 녀석이 하도 막무가내로 나가겠다고 해서 내보냈더니 태권도장에서 아마 대련이라는 걸 붙인 모양이었다. 그런데 검은 띠인 그 여자애가 이제 겨우 노랑 띠인 아들 녀석을 사정 봐주지 않고 아주 직사하게 두들겨 팬 모양이었다.

아들 녀석은 절뚝거리면서 집으로 돌아와 지 에미에게 그러한 사실들을 모두 고백한 모양이었다.

"그 누나가…. 차마 나를 인정사정없이 이렇게 때릴 줄은 몰랐어. 내가 그 누나를 얼마나 좋아했는데…."

아내는 우는 아들 녀석에게 약을 발라주고 자리에 눕힌 후 내게 말하는 것이었다.

"여보, 8년 전의 나는 내 생일을 기억해 주지 않는 당신이 원망스럽고 화가 나서 우산대로 당신을 때렸던 것이지만, 태권도장의 그 5학년짜리 여자애는 왜 우리 우람이를 저토록 직사하게 때렸을까요?"

나는 8년 전의 아내를 생각하며 정색을 하고 대답했다.

"글쎄, 저 녀석도 그 여자애의 생일을 몰랐던 것이 아닐까?"
그러자 아내는 웃음을 터뜨리면서 말하는 것이었다.
"부전자전이군요."

두 번째 사건

여의도 백화점 10층에 세 들어 있는 K출판사의 편집장인 김일동 씨는 출근하자마자 책상 위에 놓인 표지 교정쇄校正刷를 보고는 기분이 몹시 상해 있었다.

자신이 지적한 대로 색상이 제대로 나오지 않았다는 데에도 문제가 있었지만, 뒤표지에 저자 사진이 달랑 들어가 있을 뿐 글씨는 모두 빠져버렸기 때문이었다.

더욱이 오늘 오전에는 저자인 이 교수가 직접 사무실로 나와서 표지를 한번 보고 싶다고 했는데, 까다롭기로 유명한 그 이 교수에게 잘못된 교정쇄를 보여주면서 '여긴 이렇게 고치고 저긴 저렇게 고칠 예정'이라고 부연 설명을 할 수밖에는 별도리가 없을 것 같아서였다.

김일동 씨는 바로 그 점이 짜증스러웠던 것이다.

오전 중에 들르겠다던 이 교수는 12시가 넘어서야 찾아왔다. 김일동 씨는 이 교수에게 표지를 대충 보여주고 함께 식사나 하러 나가자고 서둘러 말했다.

괜히 표지를 앞에 놓고 미주알고주알 잔소리를 듣고 싶지가 않아서였다. 명색이 편집 전문가인 자신의 자존심도 자존심이었지만, 무엇보다도 '알은 척'하는 이 교수의 그 알량한 비전문가

적 식견에 달리 대응할 길이 막연했기 때문이었다.

백화점 7층 관광 식당가였다. 일식, 한식, 양식, 중화요리 등 무엇이든 다 있었다.

이 교수가 즐겨하는 갈비를 사주기 위해 그는 한식집으로 들어갔지만 그 넓은 홀에는 빈자리 하나 없이 손님들로 빽빽하게 들어차 있었다.

방도 마찬가지였지만, 방에는 마침 빈자리가 하나 있어서 다행히 이 교수를 그 방으로 안내할 수 있었다.

갈비 2인분을 주문하고 김일동 씨가 먼저 입을 열었다.

"이 교수님, 아까 보신 것은 제판에서 실수한 것이니까 너무 염려하지 마세요. 제가 철저히 교정을 볼 테니까요."

그때까지도 이 교수는 화가 안 풀렸는지 묵묵부답이었다.

김일동 씨는 울화통이 치밀었다. 만약 사장님의 친구만 아니었더라도 '네까짓 게 뭐 대단하다고 그따위로 목에 힘을 주느냐?'고 소리치고 싶었지만, 참을 수밖에는 별도리가 없었다.

식사도 기분 좋게 해야 살로 가지 기분 나쁘게 하는 식사는 얹히게 마련인 것 같았다. 갈비 2인분도 남긴 채, 메슥메슥한 속과 떨떠름한 기분으로 그냥 자리를 일어서서 나오던 순간이었다.

이 교수가 카운터로 걸어가 계산을 하려고 했다. 김일동 씨는 구두를 대충 꺾어 신은 채 계산대 앞으로 급히 뛰어가서 이 교수를 밀쳐내고 계산을 했다.

그런데…. 이상했다. 급하게 꺾어 신고 온 구두를 똑바로 신어보니 아무래도 낯설었다. 벗어서 살펴보니까 디자인과 색깔 크기는 똑같았지만 발가락이 닿는 앞부분이 조금 좁아서 발에 전체적으로 압박감이 느껴졌다.

직감적으로 구두가 바뀌었다는 생각이 들었다. 방 앞에 벗어놓은 구두를 모두 살펴보았지만 김일동 씨의 구두는 보이지 않았다.

그는 주인을 불렀다. 50대 사내가 어정거리며 나타났다. 주인을 향해 그가 말했다.

"구두가 바뀌었습니다. 내가 이 구두의 주인이라고 착각을 일으킬 정도로 너무 똑같이 닮았습니다."

식당 주인은 김일동 씨가 구두를 벗어들고 그렇게 설명하자 냉랭하게 대꾸했다. 아마도 너무 바쁜 탓이었으리라.

"그렇다면 선생의 전화번호를 두고 가십시오. 구두를 바꿔 신고 간 사람에게서 연락이 올 겁니다."

"만약 연락이 안 오면 어쩌지요?"

김일동 씨는 걱정스럽게 다시 물었다. 그러나 주인의 대답은 아주 명쾌했다.

"올 겁니다."

주인은 대답은 계속 '올 겁니다.'에서 한 발짝도 더 나가지 못했다.

김일동 씨는 갑자기 화가 치밀어 올랐다. 자신이 신던 구두는 산지 얼마 안되는 새 구두여서 이 낡아빠진 구두의 임자가 아무래도 올 것 같지가 않아서였다. 주인의 안경알 속에서 차갑게 빛나는 눈을 보는 순간, 이 교수의 안경알 속에서 뱁새눈이 겹쳐지면서 그의 감정은 마침내 폭발해 버렸다.

"오늘 손재수가 있는 모양이오."

라고 곁에서 참으라고 말리던 이 교수까지도 뿌리치고 김일동 씨는 핏대를 올리며 식당 주인과 대판 싸움질을 했다.

나중에는 백화점 빌딩 관리인이 뛰어올라와 뜯어말릴 정도였다.

어느 틈에 이 교수는 빠져나갔고, 그는 혼자 낡은 구두를 꿰신고 코피가 터진 콧구멍을 휴지로 틀어막은 채 엘리베이터를 타고 10층으로 올라오면서였다.

누군가 자신의 발 앞에 슬리퍼를 신고 서 있는 사람의 발이 보였다. 그러자 김일동 씨는 순간적으로 혹시, 하는 생각이 들다가 아차! 싶었다.

그는 최근 무좀 때문에 사무실에 출근하면서 의사의 지시대로 슬리퍼를 신고 있었다.

그는 급하게 사무실에 들어갔다.

아니나 다를까 김일동 씨가 사무실로 들어와 자신의 책상 옆을 보자 거기 얌전하게 벗어놓은 자신의 구두가 있지 않은가. 참으로 엄청난 착각이 아닐 수 없었다.

그렇다면 김일동 씨가 신고 올라온 이 구두의 진짜 임자는 식당 주인에게 또 뭐라고 말할 것인가.

아무래도 식당 주인은 오늘 또 한번의 구두 수난을 당할 것이 분명했다.

잠시 후 김일동 씨는 간단한 메시지와 함께 구두를 벗어 7층에 있는 한식집 주인에게 되돌려 보냈다.

'주인 앞,
죄송합니다.
착각이었습니다.
잘못 찍었습니다.
다섯 번째 방 앞에 있는
슬리퍼와 이 구두를
이 메시지를 갖고 가는
사람에게 교환하여 주십시오!'

그러나 김일동 씨가 이 교수의 원고를 교정보아 인쇄로 넘기듯이 넘겨준, 짧은 메모지를 쥐고 급사 애가 7층 한식집으로 내려갔을 때는 이미 예상했던 두 번째 사건이 한창 터지고 있을 때였다.

건망증

일이 엉뚱하게 빗나가게 된 모든 잘못은 물론 준호에게 있었다. 그러나 그로서는 최선을 다했다. 예식장에서 나오자마자 신부를 먼저 공항에 보내고, 자신도 급히 집에 두고 온 김 박사가 지어준 약을 챙겨가지고 서둘러 공항을 향했던 것이다. 집에서는 시간이 충분했었는데 시내 교통이 어찌나 막히는지 공항까지 오는데 무려 1시간 20분이나 지체된 셈이었다.

그러나 어쩔 수 없는 일이었다. 차가 밀리는 것이야 어찌 준호의 책임이겠는가. 굳이 책임의 소재를 따지자면 교통행정을 관할하는 부서지. 그것이 어느 한 개인의 잘못일 수는 없는 일이었다.

하지만 휴가철에 결혼을 하고 신혼여행지도 제주도로 선택한 것부터가 잘못이라면 잘못일 터였다.

아니, 부부란 늘 함께 붙어 있어야 하는데 그까짓 '건망증' 약 때문에 신부를 먼저 공항으로 보냈던 것부터가 크게 잘못된 일이었다. 하지만 준호로서는 자신이 갖고 있는 지독한 건망증 증세를 동료 교수가 중매로 맺어 준 신부에게는 눈치 채이게 하고 싶지가 않았기 때문이었다. 결혼하면 으레 신혼여행을 간다는 사실을 알면서도 미처 약을 챙겨 예식장에 나오지 못한 것도 다

건망증 탓이었다.

국내선 대합실에서 예약이 취소되어 발을 동동 구르고 서 있는 신부를 보자 준호는 미안한 생각이 들었다.

이미 비행기는 떠난 후였고, 준호로서는 '차가 너무 밀려서 늦었다'는 상투적인 변명을 하지 않았고, 신부 역시 묻지 않았다.

두 사람은 다시 각각 제주도행 티켓팅 명단에 올려놓고 다음 비행기를 기다렸다. 자신들처럼 예약이 취소된 사람이 있으면 탈 수 있는 일종의 예비자 명단이었다.

그러나 그 예비자 명단에 오른 사람의 숫자도 엄청 많았다. 아무리 예약 취소자가 20%에서 25%라고 하더라도 비행기 한 대로는 다 태울 수 없을 정도로 많은 것 같았다. 하지만 어쩌겠는가. 기다리고 또 기다릴 수밖에는 달리 방법이 없지 않겠는가.

준호는 신부의 표정을 살펴보았다. 그녀는 화가 잔뜩 나 있지만, 그 화를 겉으로는 좀처럼 드러내지 않고 있었다. 한 대의 비행기가 떠난 후, 그다음 비행기 탑승 시간에 몇몇의 결원자가 나타나 예비자 명단을 불러주는데, 신부의 이름이 흘러나왔다.

부부는 일심동체여서 함께 올리려고 했더니, '좌석이 한 개 남을 때도 있습니다. 그러니까 일행 중 먼저 가실 분이 있다면 그렇게라도 하시지요.'라는 안내양의 말에 혹해서 각각 올렸던 것이었다.

신부는 승강구를 빠져나가면서 말했다.

"제주도에 예약한 그 호텔로 가 있을게요."

"그래, 그 호텔 방에서 꼼짝 말고 있어요. 내 다음 비행기로 곧 뒤따라갈 테니까."

그러나 그다음 비행기는 제주도행 마지막 비행기여서인지 결원자가 전혀 없었다.

준호는 눈앞이 캄캄했다.

분명히 신부와 자신이 동시에 접수시켰으므로 신부 다음엔 순서적으로 자신을 호명하리라고 생각했던 예상이 완전히 빗나갔기 때문이었다.

이제 비행기는 내일 아침 6시 30분에 뜨는 것밖에 없었다. 오늘 중으로 제주도를 간다는 것은 이제 완전히 불가능해진 것이다.

준호는 신부를 생각해 보았다.

결혼식 첫날밤을 호텔에서 혼자 지낼 그녀가 불쌍했다. 아니 안타깝고 불안했다. 누가 신부 방으로 들어가서 그녀를 겁탈이라도 한다면? 그렇게 생각하자 준호는 숨이 칵, 하고 막혀왔다. 가야 한다. 꼭 가야 한다. 꿈에서라도 가야 한다….

"내일 아침 첫 비행기는 6시 30분에 출발하니까 1시간 전에 나와서 티켓팅해 주세요."

안내양의 말을 듣고 준호는 다시 이화동 자신의 아파트로 돌아왔다. 5시 30분까지 공항에 도착하려면 집에서는 4시 30분에는 출발하여야만 한다. 그렇게 생각하면서 자명종을 4시에 맞춰놓고 준호는 잠이 들었다.

이튿날 새벽 자명종 소리가 요란하게 울리자 준호는 잠에서 깨어났다.

그리고 그는 서둘러 토스트 두 쪽을 굽기 위해 졸음이 잔뜩 밴 눈을 비비며 주방으로 들어서는 것이었다.

자신이 결혼했다는 사실뿐만 아니라, 신부가 지금 제주도 호텔에서 혼자 첫날밤을 보내고 있다는 사실을 순간적으로 깜빡 잊고, 준호는 여느 때와 마찬가지로 학교로 출근하기 위해 토스트를 굽고 우유를 꺼내려고 냉장고의 문을 여는 것이었다.

참 지독한 건망증이었다.

도미니꼬의 자유

1981년 3월 말 서울시청 검열관실에서 H일보 서광훈 기자는 15매짜리 짧은 동화를 놓고 한줄한줄 읽어 내려가는 검열관을 쳐다보면서 마음속으로 빌었다. 검열관의 의식도 동화를 읽으면서 맑고 밝게 순화되어지길 기대했다. 동화의 세계로 되돌아가 마음이 동화처럼 평온해지길 기원했다.

조금이라도 현 정부를 비난하는 듯한 삐딱한 기사가 나오면 검열관은 손에 쥔 빨강 사인펜으로 앞뒤 문맥이야 어떻든 사정없이 난도질해대고 있었기 때문이다.

별로 잘못 쓴 기사도 없으면서 서광훈 기자의 마음은 검열관 앞에 설 때마다 왠지 늘 조마조마했다. 하지만 오늘은 기사가 아니라 동화 한 편이 서광훈 기자의 담당이어서 그런 생각을 했던 것이다.

동화의 내용은 대충 이러했다.

동화 속에 나오는 K는 부산 광복동에 있는 어느 식당 종업원이었다.

어느 날 밥을 얻으러 온 거지 소년을 보고 일손이 바쁜 터라 K가 주인 아주머니에게 얘기해서 거지 소년을 종업원으로 채용했다는 것이다.

거지 소년은 목욕을 시키고 하얀 가운을 입혀 놓고 보니 아주 잘생긴 얼굴이었다.

소년은 식당 내에서 손님들의 심부름도 곧잘 했다. 그리고 자신을 발견해 준 같은 종업원 K를 형이라고 부르면서 매우 따랐다고 한다.

소년은 영업이 끝나면 다람쥐처럼 재빨리 2층으로 올라가 방을 쓸고 다른 형들의 이불까지 다 펴 놓고 새벽 4시 30분이 되면 어김없이 일어나 식당 앞을 지나는 쓰레기차에 다른 종업원 형들과 함께 쓰레기를 버리고 올라와 다시 한숨 눈을 붙이곤 했다고 한다.

그러니까 소년에게는 거지들의 몸에 밴 게으름이나 나태함 등이 전혀 없었다.

누가 봐도 꽤나 재빠른 13세의 일꾼으로 변신되어가고 있었다.

낮에 식당에서 일할 때의 소년을 보면 그것을 알 수 있었다.

주방에서 내주는 설렁탕이랑 갈비탕들을 쟁반에 담아 용케도 국물 한 방울 엎지르지 않고 주문한 손님들 앞에 정확히 날라다주는 것도 그렇고, 또 손님이 '야, 꼬마야!'라고 부를 때마다 잽싸게 자기를 부른 손님 앞으로 물컵을 들고 비호처럼 달려가는 것만 봐도 그가 얼마나 재빠른 일꾼이 되어가고 있느냐를 알 수 있을 터였다.

소년이 들어온 게 거의 한 달이 되어가던 어느 날이었다.

소년이 이 식당에 처음 발을 들여놓았던 점심때, 그러니까 다른 종업원 형들도 모두 눈코 뜰 새 없이 바쁜 시간을 택해 종업원 K에게 다가와 소년이 말했다.

소년을 처음 발견하여 카운터에 앉아 있는 주인 아주머니에게 정식으로 허락을 받고 종업원으로 채용해 주었던 바로 그 종업원 형인 K앞에 서서 소년은 말하는 것이었다.

"헹님 예."

"왜…."

"지는 아무래도 이제 식당일을 그만 둘까봐 예."

소년이 무슨 뚱딴지같은 소릴 하는가 싶어 '헹님'이라고 불리운 종업원 K가 소년에게 물었다.

"왜, 그만둔단 말이냐?"

그러자 소년은 이렇게 대답하는 것이었다.

"지가 한 달 있으면서 헹님과 같이 일해오지 않았습니꺼? 그란데, 아침에 설렁탕, 점심에 설렁탕, 저녁에 설렁탕, 한 달 내내 매냥 설렁탕을 묵으니까 이제 그만 설렁탕에 아예 질려부렸다 아입니꺼?"

"그래서?"

"헹님 예, 만두집에 가면 만두도 얻어 묵고, 떡볶기집에 가면 떡볶기도 얻어 묵고, 중국집에 가면 짜장면도 얻어 묵고, 마음씨 착한 집에 가면 따슨 밥도 얻어 묵고, 마음씨 나쁜 집에 가면 찬

밥도 얻어 묵고, 구멍가게에 가면 달콤한 사탕도 얻어 묵고, 수퍼에 가면 얼음과자도 얻어 묵고, 이렇게 골고루 얻어먹을 수 있는데, 여기 있으니까 매냥 설렁탕 한 가지 밖에는 못 먹으니까 행님 예, 그만 나가겠십더. 나가서 마음대로 댕기면서 골고루 얻어 묵겠다 이런 말 아닝교."

"…."

K가 어이가 없어 멍하니 서 있자 소년은 그렇게 말하고 붙들 사이도 없이 하얀 가운을 벗어놓고 2층으로 올라갔다. 처음 이 식당에 왔을 때부터 신주단지처럼 2층의 자기가 잠자던 자리에 소중하게 모셔 두었던 것을 펼치자 거기에는 거지 복장과 깡통이 있었다.

소년은 거지 복장을 하고 깡통을 든 채로 2층을 내려와 밖으로 나갔다.

종업원 K나 카운터를 보던 아주머니는 거지 소년이 나간 한참 후까지도 멍한 상태였다고 하는 것이 이번 '도미니꼬의 자유'라는 동화의 대략적인 내용이었다.

동화를 다 읽은 검열관이 눈을 들어 서광훈 기자의 얼굴을 날카롭게 쏘아보며 말했다.

"이것 보시오. 지금이 어떤 세상인데 아직 거지가 있어? 거지가 있길…. 이번 동화는 전면 삭제야! 다른 것으로 대체하시오!"

그러면서 검열관은 쥐고 있던 빨강 사인펜으로 동화가 실릴

신문의 교정쇄에 무자비하게 ×표를 해 버렸다.

서광훈 기자는 그 동화를 쓴 동화 작가를 생각해 보았다.

그는 왜 '이상한 거지'를 등장시켜 '도미니꼬의 자유'라는 제목을 붙였을까.

서광훈 기자도 검열관의 얘길 듣고 보니 그 말이 옳은 것도 같았다. 하긴 지금이 어떤 세상인데 아직 거지가 남아있을까 싶었다.

미역국 끓이는 법

나는 신혼 생활 8개월째로 접어든 맞벌이 부부로서 아침 시간은 정신없이 바빴다. 오늘도 늘 그렇듯이 아침을 토스트 두 쪽에 우유 한 컵으로 간단히 때우고 막 나가려고 하는데 전화가 걸려왔다. 가까이에 있던 남편이 수화기를 들었다.

"여보세요. 아, 처형이군요. 그런데 처형이 아침부터 웬일이세요?"

"오늘 아침에 미역국은 먹었나? 오늘이 그 애 귀빠진 날이네."

남편은 허둥지둥 뭐라고 대답하며 수화기를 내려놓자마자 내게 쩔쩔매었다.

"괜찮아, 기회는 많아. 점심시간도 있고, 저녁시간도 있잖아. 우리 점심시간에 회사 부근으로 와, 근사하게 먹지 뭐."

나는 슬며시 기대감에 부풀었다. 근검절약하며 살아온 터라 오늘만큼은 남편이 하자고 하는 대로 하고 싶었다.

그래, 점심은 간단하게 하고 저녁은 분위기 있는 곳에서 근사하게 먹어야지. 그런 생각을 하자 출근하는 발걸음이 한결 가벼워졌다.

다행스럽게도 나와 남편의 일터는 시내버스로 네 정류장밖에 안 되었다.

점심시간이 되자 나는 서둘러 남편 회사의 지하다방으로 가서 남편을 기다렸다. 출근하기 전에 그렇게 하기로 약속한 터였다. 약속시간이 한참 지나서 남편은 허겁지겁 들어서며,

"어떡하지, 나 먼저 사정이 생겨 점심을 먹었는데…."

라고 말하는 것이었다. 그 말을 듣자마자 기대했던 꿈이 물에 소금 녹듯 녹아 맥이 한꺼번에 빠져버렸다.

"그렇지만 여기까지 왔으니 당신 점심은 먹어야지. 요 앞에 일식집에 가면 초밥이 맛있어. 당신이나 먹어. 기왕 이렇게 됐으니 할 수 없잖아. 저녁이나 잘 사줄게. 미안해."

1인분의 초밥을 앞에 놓고 꾸역꾸역 입에 밀어 넣고 씹자니 초밥 맛이 영 안 나는 것 같았다. 하지만 맛없는 초밥을 맛있게 먹어 보이며 말했다.

"우리 저녁엔 분위기 있는 곳에서 근사하고 맛있게 먹어요."

"암, 그래야지. 미안해."

맛없는 점심을 먹는 시간에도 남편은 또 어딘가로 전화를 하더니 벌떡 일어서는 것이었다.

"이따 8시에 만나. 지금 급히 필자분을 만나러 가야만 돼."

나는 남편보다 한두 시간 정도 일찍 퇴근해서 남편 회사의 지하다방에 앉아 기다리며 뷔페로 할까, 아니면 한식으로 할까, 또는 양식으로 할까…. 아, 포도주도 한 병 있어야 되겠지, 어쩌구 하며 즐거운 상상에 빠져 있는데 남편이 불쑥 들어섰다. 그는 두꺼운 대봉투 한 장을 다탁 위에 내밀었다.

"이게 뭐예요?"

"응, 미역인데, 전주로 휴가 갔다 올라온 부장님이 지금 올라오시면서 선물로 갖고 오신 미역이야. 참 신기하잖아, 오늘이 어떻게 당신 생일인 줄 알았을까?"

나는 한동안 남편이 무슨 말을 하는지 모를 지경이었다.

"우리 부장님 말씀이 생일날은 꼭 미역국을 먹어야 된다는 거야. 그러니까 저녁은 지금 곧바로 집으로 가서 미역국을 끓여 먹어야 되지 않겠어?"

"뭐라구요?"

조금 전까지 꿈꾸었던 뷔페도, 한식도, 양식도, 포도주 한 병의 꿈도 모두 깨어지는 판이었다. 남편은 한번 고집을 부리기 시작하면 반드시 고집대로 해내고야 마는 성격이었다.

"뭐예요? 그러니까 지금 나보고 집으로 들어가서 미역국을 끓여 먹자는 거예요? 뭐예요? 난 싫어요. 난 지금 배가 고파 기절할 지경이란 말이에요."

결혼해서 8개월째 살지만 남편이 이렇게 벽창호 같고 곰같이 미웠던 적은 근래 없었던 일이었다.

저녁을 먹자고 온종일 다리가 퉁퉁 붓도록 기다린 생각을 하니 뺨이라도 한 대 후려치고 싶은 심정이었다.

"아니야, 생일날은 말야 미역국을 먹어야 된대. 시골에 계신 우리 어머님도…."

난 그 말을 뒤로 두고 그냥 지하다방을 걸어 나왔다. 이제 남편이 저녁을 사준다고 해도 먹을 용기와 아량이 내겐 없었다.

그냥 집에 가서 쉬고 싶었다.

난 임신 중이었으므로 몸이 몹시 피곤해서 더 이상 미역국이고 갈비국이고 다 귀찮았다. 어서 택시를 타고 집으로 가 이불을 덮고 눕고만 싶은 생각뿐이었다.

지나가는 빈 택시를 남편이 세웠다. 집에 도착하자 나는 안방에 그대로 쓰러졌다. 그러자 남편이 투덜거렸다.

"어시 미역국 끓이고 저녁해서 먹고 자야지. 그냥 자면 되나, 어서 저녁해."

그 말을 잠결에 듣는 둥 마는 둥 하며 나는 잠 속으로 깊이깊이 빠져 들어갔다.

남편이 날 흔들어 깨우기에 눈을 뜨고 상황을 보니 기가 막혔다. 남편 손에 들려져 안방으로 들어오는 밥상을 쳐다보니, 나는 이것이 꿈인지 생시인지 알 수 없는 생각이 들었다.

"여보, 내가 밥하고 미역국 끓였어. 어서 먹어. 당신 생일날 미역국 안 먹고 자면 되겠어? 내가 준비했지."

그 모습이 대견하기보다 왜 그렇게 미운지 꼭 곰같이 보였다.

그래도 처음 지어 본 밥 냄비에 절반은 타고 가운데 안 탄 부분만 골라내 밥그릇에 소복이 담아놓고 자기는 냄비 속 탄 밥에 숟가락을 디밀며 맛있다는 듯이 먹어댄다.

미역국을 먹으려니 미역은 젓가락으로 집어 올리면 자기 키만큼 올라와 국그릇에 그냥 내려놓으면서 '제기랄, 왜 이렇게 미역이 길어'하며 그냥 젓가락을 놓는 모습을 보며 나는 속으로 '곰, 곰, 곰이야.' 하며 이불을 뒤집어쓰고 말았다.

새벽 2시경쯤 나는 배가 고파 견딜 수가 없어 일어나 보니 남편은 당당하게 큰대자로 누워 잠이 들었다. 혹시나 부엌에 먹다 남은 찬밥이라도 없을까 하고 생쥐같이 살금살금 나가보니 참 이상한 일이었다.

시집올 때 사 온 가장 큰 냄비 하나는 써보지도 않았는데 그 냄비에서 뭔가 냄비 뚜껑을 밀고 나오려고 한다. 깜짝 놀라서 냄비 뚜껑을 열어보니 미역이 냄비 속에서 살아나 모두 밖으로 나올 참이었다. 미역은 물에 조금만 불려도 많은 것인데. 이 곰 같은 남편은 미역 한 두름을 몽땅 통째로 그냥 넣고 끓였으니 그 미역들이 불어나서 서로 뚜껑을 열고 나오려는 것은 당연한 이치였다. 미웁던 남편이 왜 그렇게 어리석고 우스운지 혼자 깔깔 웃어대고 나니 마음이 훨씬 가벼웠다.

미역국 끓이는 방법 좀 알려주고 바가지 좀 긁어대야지 하며 일어나는 남편을 쏘아 보았다.

"도대체가 아내의 결혼 후 첫 생일을 이렇게 보낼 수 있어요?"

남편은 그동안 느껴보지 못했던 당당함이 지나쳐 아예 목에 깁스까지 한 채 이렇게 대답하는 것이었다.

"…."

남편은 미역국 끓이는 법을 막 강의하려던 내 입을 그만 다물게 했다.

남편의 바람기 잡는 법

언제부터인가 딱히 꼬집어서 말하기는 어렵지만 최근 들어 남편 한민구 씨의 태도가 매우 수상쩍어졌다고 미숙은 생각했다. 그래서 남편이 출근하고 난 후의 무료함도 달랠 겸 임신 5개월의 무거운 몸을 이끌고 안방으로 건너가 주인집 아주머니에게 그 문제를 의논했다.

"글쎄 그러니까 내가 뭐래. 밤 12시가 넘어서 들어오는 남자는 뭐가 있는 거야. 고스톱에 미쳤거나 아니면 숨겨놓은 여자가 따로 있거나 그 두 가지 중의 하나야. 요즘 남편이 밤늦게 들어오는 거 수상한 거야."

40대의 주인집 아주머니는 대뜸 남편을 의심부터 하고 들었다.

"설마…."

미숙은 그렇게까지 생각하고 싶지 않았다. 최근 남편이 며칠 동안을 술에 취해 밤 12시가 넘어서 귀가하고 있긴 하지만 충분히 그럴 만한 어떤 이유가 있으리라고 미숙은 생각하고 싶었다.

남편은 고스톱도 칠 줄 모르고, 그렇다고 미숙 자신이 모르는 곳에 다른 여자를 숨겨놓고 다닐 만한 그런 위인도 못 되었다. 그것은 지난 3년간 살을 맞대고 살아온 남편에 대한 일종의 신뢰감일 수도 있었다.

"새댁은 아직 뭘 모르는 모양인데, 대한민국 남자치고 고스톱 못 치는 사람이 어딨고 열 계집 싫다는 남자 어딨어? 있으면 나와 보라고 그래."

미숙은 속으로 피식 웃었다. 주인집 아주머니가 주인 아저씨에게 닦달해 대는 모습이 문득 떠올랐기 때문이었다. 주인집 부부는 사흘에 한번 꼴로 부부싸움을 해댔는데, 싸움의 주원인은 늘 아저씨의 칠칠치 못한 바람기 탓이었다.

"새댁 요즘 잠자리는 어때?"

주인집 아주머니의 말에 미숙은 얼굴을 붉혔다. 괜히 잠자리 얘기만 나오면 까닭 모르게 부끄러워지는 것이었다. 미숙은 죄 없는 배 속의 아기만 두 손으로 만지작거리며 고개를 가로저었다.

그러고 보니까 생각나는 일이 있었다. 최근 남편의 행동거지 중에서 수상쩍다고 생각했던 것도 바로 그것이었는지도 모르겠다는 생각이 들었다. 주인집과 함께 쓰는 세면실에 들어가 대충 고양이 세수를 하고 나와 서둘러 밥상 앞에 앉아 술국만 두어 숟갈 뜨다가 곧바로 일어서서 거울 앞에 서 있는 시간대가 점점 길어진다는 점이었다. 어떤 때는 아예 출근 시간도 잊은 듯했다.

엊그제 일만 해도 그랬다. 자기가 주제에 무슨 패션모델이라도 되는 양 거울에 얼굴을 이리저리 비춰보며 인상을 찡그리고 있었다.

"거울 닳아요. 그만 쳐다보고 어서 출근하세요. 그러다가 출근 시간 늦겠어요."

미숙이 그렇게 말하자 남편은 그동안 멀쩡하게 잘 매고 다니던 넥타이를 풀어서 방바닥에 패대기를 치면서 화를 벌컥 내는 것이었다.

"넥타이는 양복에 맞춰서 매야 하는데 양복에 맞는 넥타이는 하나도 없으니 이거야 원…."

남편의 그런 신경질을 받으며 미숙은 자존심이 몹시 상했다. 그동안 하느라고 했는데도 자신은 결국 남편의 넥타이 하나 제대로 골라주지 못한 아내가 되고 말았다는 생각이 들었기 때문이었다. 눈물이 나오도록 섭섭했다. 지난 3년간 적금 하나 붓느라고 입을 것, 먹을 것 하나 제대로 해본 것이 있는가 말이다. 남편이 결혼식 때 맸던 넥타이를 아직 그대로 매고 있는 것처럼, 자신도 임신복 하나 제대로 없이 주인집 아주머니가 옛날에 입던 것을 빌려 입고 있었다.

그런데 어제 아침엔 남편이 거울 앞에서 못 보던 넥타이를 하나 매고 있었다. 미숙은 깜짝 놀랐다.

"아니, 당신 그거 웬 넥타이에요?"

"응, 선물 받았어."

남편은 넥타이의 매듭진 부분을 목젖까지 밀어 올리며 시큰둥하게 대꾸했다.

"누구에게서요?"

"영업부 최 대리가 출장갔다 오는 길에 나를 위해 하나 샀다더군."

미숙은 남편의 말을 의심하지는 않았지만, 왠지 남자끼리 넥타이를 선물한다는 것이 도저히 믿어지지 않았다.

"새댁, 내가 남편이 바람을 피웠는지 안 피웠는지를 쉽게 알아낼 수 있는 방법을 하나 알려줄까? 사실은 이건 나만 알고 있는 건데, 우리 집 그이에게는 비밀이야."

미숙은 귀가 솔깃했다. 주인집 아저씨의 바람기를 귀신 곡하게 잡아내는 그 비법이 궁금하기도 했지만, 보다 더 궁금한 것은 남편이 정말 바람을 피우는지 그렇지 않은지를 알아내는 것이었다.

주인집 아주머니의 얘기는 이랬다. 남편의 팬티에 붙어 있는 상표를 보면 그것이 모두 밖으로 나와 있다. 1㎝×1.5㎝ 크기의 나일론으로 된 상표에는 사이즈와 100% 면이라는 표시가 되어 있는데, 그 상표를 몰래 뜯어서 팬티 안쪽에 붙여놓으면 대부분의 바람둥이 남자들은 그 팬티를 벗었다가 다시 입을 때는 겉에 붙어 있는 상표만 보고 그냥 입기 때문에 십중팔구는 걸려든다는 것이었다.

미숙은 오늘 아침 남편이 입고 나간 바로 그 팬티에 주인집 아주머니가 귀띔해 준 대로 표시를 해놓았는데 이것이 과연 어떻게 될 것인지가 참으로 궁금했다. 기다리던 남편은 밤 12시가 넘어서야 귀가했고, 늘 그랬던 것처럼 술에 취해 이불 위에 그대로 고꾸라졌다.

미숙은 남편의 옷을 벗겨서 팬티를 쳐다보았다. 주인집 아주머니의 얘기가 그대로 맞아떨어졌다. 남편은 팬티를 뒤집어 입고 들어온 것이었다. 너무 큰 충격 때문에 미숙은 일어서지도 못했다.

이튿날 남편은 거울 앞에 서서 최 대리가 선물했다는 넥타이를 풀어 쓰레기통 속으로 던져버리고 3년 전 결혼식 때 맸던 낡은 넥타이를 다시 찾아 매며 투덜거렸다.

"최 대리 그 자식 그거 사기꾼 아냐? 요즘 며칠간 까닭 없이 술을 사고 어제 점심 때는 자기가 돈을 낼 테니까 함께 사우나를 가자고 꼬셔서 함께 갔더니 글쎄, 어떻게 알았는지 우리가 적금 붓는 걸 해약할 수 없겠느냐는 거야. 돈이 급히 필요하다고, 고작 넥타이 하나 선물하고, 술 몇 잔 사면서 내년이면 갖게 될 우리의 전셋집 한 채를 받겠다는 거지 뭐야 그게."

미숙은 이불 속에서 살포시 터져 나오려는 웃음을 참고 있었다. 역시 남편은 지독한 노랭이밖에는 될 수 없다는 생각이 들었기 때문이었다.

커다란 희생

우리의 김만복 씨는 매우 건강했고 얼굴도 잘 생겼다. 얼굴이 잘 생겼다고 말하는 것은 오똑한 콧날 때문인데 보는 이로 하여금 흡사 귀공자 같다는 느낌을 주기 때문이었다. 외모뿐만이 아니라 마음씨까지도 그는 동화 속에 나오는 인물처럼 착하기가 그지없었다. 그런데 농촌 총각도 아닌 그러한 김만복 씨가 아직 장가를 못간 노총각이라는 것은 일정한 거처와 일정한 직업이 없다는 이유 때문이었는데 공사판을 쫓아다니는 그로서는 당연한 일이었다. 1년을 넘는 공사판이란 지극히 드물었으니까 말이다. TV나 신문에서만 볼 수 있는 꽤나 유명한 사람들이 입을 모아 신성하다고 말하는 노동이 왜 일정한 '직업'이 될 수 없으며, 서너 명이 한 방 한 칸을 빌려 밥을 부쳐 먹는 생활이 왜 일정한 '거처'가 될 수 없는지를 김만복 씨는 납득할 수 없었다.

지금 이곳엔 한창 새로 공장을 짓거나 아파트가 들어서고 있었기 때문에 김만복 씨는 그 일터에서 등짐을 지고 높은 곳을 오르내리거나 또는 채로 모래를 곱게 고르는 일을 하고 있었다. 그러한 일을 하는 김만복 씨의 가슴속에서 남들이 모르는 조그만 비밀이 하나 숨어 있었다. 그는 노동을 하면서 땀을 흘리듯 인간의 몸과 마음과 영혼을 깨끗하게 씻어주는 아름다운 시를 감히 쓰고 싶었다. 그런 충동이 느껴질 때마다 따로 떼어 낸 문인 주소록을 펴 놓고 마음에 드는 시인을 한 사람 골라내었다.

김북어, 이름부터가 참으로 시적이구나 싶었다. 시인이 이름부터가 뭔가 달라야 한다고 그는 생각했다.

빨래방망이로 두들기고 망치로 두들겨 패도 끄떡없는 강인한 힘과 조상을 위해서는 제상에도 오르고, 술꾼들을 위해서는 기꺼이 자기 몸을 던져 해장술국도 되어주는 북어가 만복 씨는 좋았던 것이다. 거기다가 김북어 시인과는 같은 종씨가 아닌가.

김만복 씨는 저녁 무렵, 시를 석어놓은 노트 한 권을 가지고 한양에 살고 있는 김북어 선생의 아흔아홉 칸짜리 집으로 직접 찾아갔다. 소위 말하는 사사를 받기 위해서였다. 마침 김북어 선생은 집에 계셨다. 김만복 씨가 전후 사정을 대충 얘기하자 마지못해 노트를 받아들고 형식적으로 앞의 시 몇 줄만 읽고 노트를 내려놓으려던 김북어 선생은 차츰 노트 속으로 빨려 들어가더니 끝내는 한 권의 노트에 적힌 시 편들을 다 읽고 만 것이었다. 그리고 아무 말씀이 없었다. 그러다가 마주앉아 있던 우리의 김만복 씨를 이끌고 밖으로 나왔다. 이미 밤은 깊어 있었다.

김북어 선생은 그를 데리고 요정으로 들어갔다. 카운터에 앉아 있던 마담이 김북어 선생을 반겼다. 아마 단골손님인 모양이었다. 마담은 김북어 선생과 그를 방안으로 안내하더니 주문을 했다.

"주안상은 어떻게 올릴까요?"

김북어 선생은 그때서야 김만복 씨를 쳐다보면서 물었다.

"김 시인, 술은 뭘로 하실까요?"

시인이라는 말을 듣자 김만복 씨는 너무도 황송스러워 쩔쩔매었다.

"글쎄요, 뭐 아무거나…."

김북어 선생은 몇 번 고개를 끄덕이더니 마담에게 물었다.

"그럼 어제 먹던 걸로 갖고 오게. 그리고 이 집에서 제일 예쁜 아가씨를 우리 김 시인의 파트너로 대령토록."

그러자 마담이 알았다는 듯 생긋 웃으며 미닫이를 열고 나갔다. 잠시 후 근사하게 차려진 술상이 두 아가씨의 손에 의해 방안으로 들려 들어왔고, 김북어 선생은 코밑에 점이 있는 아가씨의 손목을 붙들어 자기 옆자리에 앉히자 남은 한 아가씨는 자연 김만복 씨의 차지가 되었다.

김북어 선생에게 태어나서 처음 듣게 된 '김 시인'이라는 말과 '술은 뭘로 하실까요?'라는 정중한 말을 듣고부터 그는 한없이 행복했다.

그토록 듣고 싶었던 시인이라는 말을 다른 사람 아닌 김북어 선생으로부터 직접 들었기 때문이었다. 옆에 앉은 선녀같이 예쁜 아가씨는 김만복 씨가 술잔을 비울 때마다 다시 따라 주고…. 마치 천당이 이럴까 싶었다.

바로 그때였다. 문밖에서 의자와 탁자가 넘어지고 엎어지고 술병이 깨지면서 내지르는 날카로운 비명소리가 들렸다. 그때서야 김북어 선생은 옆에 앉은 아가씨에게 물었다.

"이게 무슨 소린고?"

"밖의 일에 신경 쓸 필요없어요. 아마 이 지역 깡패들인 모양인데. 그냥 술이나 드세요."

그러나 기어이 김북어 선생께서는 일을 저지르고 마셨다. 미닫이로 된 문을 냅다 가락에 열어 젖뜨리고는 그 깡패들을 향해 큰 소리로 말하는 것이었다.

"이놈들, 조용히 하지 못할까. 우리가 누군지 아느냐? 우리가 바로 시인이다. 시인."

그러자 참으로 신기하게도 깡패들은 일시에 조용해졌다. '시인'이라는 말이 핵폭탄 같은 위력을 지니고 있음을 만복 씨는 그때 처음 똑똑히 보았다. 깡패들은 자기들끼리 쑤군쑤군대더니 그냥 밖으로 나가는 것이었다.

"저 작자 애비가 이 한양 땅의 반 이상을 차지하고 있고, 저 작자는 한양고등학교 선생인데 경찰서장까지 아마 저 작자 친구라지."

"니미랄. 잘못 건드렸다간 꽤나 골치 아픈 작자야. 야, 그만 나가자."

만복 씨는 깡패들의 이런 쑤군거림을 들었을 턱이 없었다. 그저 김북어 선생이 말한 '우리' 속에 자신이 포함되어져 있는 것만으로도 잔뜩 황홀했었으니까.

이튿날 호텔에서 깨어난 김만복 씨는 어렴풋하게 어제의 일들이 떠올랐다. 김북어 시인이 억지로 아가씨를 밀어 넣던 생각이 났고, 그다음 일도 생각이 나서 얼굴만 발갛게 붉혔다.

버스를 타고 현장으로 내려오면서 김만복 씨는 김북어 선생을 생각했다. 그와 함께 마시던 술자리, 그에게 듣던 시인이라는 호칭을 잊을 수가 없었다.

김만복 씨는 이제 신성하다는 '노동'이 별로 신성하게 느껴지지도 않았고 재미도 없었다.

그러던 어느 날이었다.

동료 한 명과 무거운 등짐을 지고 나오는 길에 니나노 집엘 들렀다. 작부가 꼬시는 바람에 방으로 들어가 술과 턱없이 비싼 안주를 시켜놓고 술을 마시며 노래를 부를 때였다.

갑자기 문밖이 시끌시끌했다. 의자가 쓰러지고 탁자가 엎어지고 막걸리 주전자가 바닥으로 떨어지는 등 난리가 났다.

"그냥 모르는 척하고 술이나 드세요. 이 지역 깡패들이에요."

그렇게 말하는 작부의 말을 듣자 문득 한양에서 본 김북어 시인의 존경스러운 행동이 떠올랐다. 그래서 방문을 왈칵 열어젖뜨리고 크게 고함을 질러댔다.

"이놈들, 조용히 하지 못할까? 우리가 누군지 아느냐? 우리가 바로 시인이다, 시인."

김만복 씨는 그렇게 말하고 반응을 살폈다. 이제 자기들끼리 쑤군쑤군거리며 물러갈 시간이 넘었는데도 깡패들은 꿈쩍도 하지 않았다. 아니 꿈쩍은커녕 오히려 어이없어하는 표정을 지었다.

"뭐야, 저 새끼? 저거 혹시 이거 아냐?"

깡패 중의 한 명이 자기의 왼쪽 머리 위에 손가락을 올려 몇 개의 원을 그려 보였다. 정신병자가 아니냐는 뜻이었다.

다른 깡패 하나가 김만복 씨를 노려보면서 말했다.

"시인? 그래애? 너, 시인. 일루 나와 봐."

김만복 씨는 큰소리쳐놓고 안 나갈 수가 없어서 엉거주춤 방을 내려서자 사방에서 튀어나온 깡패들의 주먹과 구둣발이, 김만복 씨의 머리와 얼굴과 복부와 허리를 어린이 놀이터 삼아 뛰어놀았다.

그 후 김만복 씨는 동료가 업어다 준, 함께 밥을 부쳐 먹는 방에서 겨우 깨어나면서 거울을 들여다보았다. 부르튼 입술, 멍든 얼굴, 결리는 허리, 멍한 의식 등 어느 한 군데 성한 데가 없었다. 아무래도 다른 얼굴을 보는 것만 같이 이상했다. 동료가 물수건으로 얼굴의 피를 다 닦아냈는데도 거울 속에 비친 얼굴은 김만복 씨 본래의 얼굴이 아닌 것만 같았다. 왜일까? 그러다가 김만복 씨는 마침내 그 이유를 알아냈다.

김만복 씨가 잘 생겼다거나 귀공자 같다는 느낌을 주었던 것은 모두 오똑한 콧날 때문이었는데, 그 오똑했던 콧날이 바람 빠진 풍선처럼 찌그러져 입 위에 주저앉아 있는 것이었다.

김만복 씨는 거울 속에서 주저앉은 자신의 콧날을 쳐다보며 한숨을 내쉬며 '모방은 자살'이라는 사실을 비로소 깨달았다.

하지만 그 한 가지 깨달음의 대가치고는 주저앉은 콧날이 너무 커다란 희생이라고 우리의 김만복 씨는 생각하는 것이었다.

어떤 깨달음

김만복 씨는 김북어 시인의 흉내를 내다가 깡패들에게 작신 얻어맞아 오뚝했던 콧날까지 볼품없이 주저앉은 모양을 거울 속에서 다시 한번 확인하며 '모방은 자살'이라는 깨달음을 얻었다. 그러나 아무리 생각해 봐도 그 한 가지 깨달음의 대가치고는 김만복 씨가 치른 대가가 너무 심하다는 생각이 들었었다. 하긴 그것도 벌써 3주가 지난 일이었다.

요즘 날씨는 변덕이 죽 끓듯 했다. 아침에는 비가 안 올 것 같다가도 오후에는 하늘 가득 먹구름이 끼고 천둥번개와 함께 장대비가 쏟아지는 것이었다. 본격적인 장마철에 접어든 것이었다.

비오는 날이 공치는 날이라 공사 현장 주변에 방을 하나씩 얻어 놓고 밥만 부쳐 먹던 일꾼들은 집안에 들어앉아 화투를 치는 것으로 무료한 시간을 보내고 있었다. 김만복 씨 또한 예외는 아니었다. 셋이 치는 고스톱이니까 패가 잘못 들어와도 김만복 씨는 칠 의무만 있었지, 죽을 권리는 없었다. 최 씨가 똥 3패를 흔들고 치기 시작한 판은 뒷자까지 영 맞아 주지 않는 것이었다.

흔들고 쓰리고에 유독 김만복 씨만 피박까지 썼으니 아무리 점 백짜리 화투라도 만 원짜리 몇 장이 나가게 생겼다.

"니미랄, 하늘이 뚫어졌나. 웬 비가 저리도 무식하게 쏟아지지?"

김만복 씨는 화투판에서 돈 잃은 감정을 하늘에다 밀어붙였다. 하긴 비만 오지 않았다면 등짐을 지러 공사 현장에 나갈 수 있었을 것이고, 그렇게 되면 집안에서 궁상스럽게 앉아 고스톱을 치지도 않았을 것이고, 고스톱을 치지 않았다면 최 씨에게 피박도 쓰지 않았을 것이었다. 따지고 보면 김만복 씨의 피박은 하늘에서 쏟아지는 저놈의 장대비 탓만 같았다.

"김 씨, 아니 그럼 비가 무식하게 쏟아지지 유식하게 쏟아지는 비라도 있답디까?"

최 씨에게 똑같이 흔들고 쓰리고를 당한 이 씨가 김 씨를 나무라듯 그렇게 말한다. 생각해 보니 이 씨의 말이 백 번 더 지당한 말 같았다. 비란 워낙 무식하게 쏟아지기 때문에 저렇게 한번 쏟아지고 나면 이튿날 신문에는 어김없이 농작물 침수의 피해가 얼마 된다고 나오곤 했다.

"젠장맞을…. 좋다. 더도 말고 석 달 열흘만 쏟아지거라."

고스톱에서 돈을 딴 최 씨가 미안했던지 동네 구멍가게에서 소주 두 병과 비닐컵 그리고 과자 부스러기와 오징어 등을 사갖고 그렇게 투덜거린다.

이 씨가 대꾸했다.

"그렇게 되면 집도 절도 없는 우리들 중에 누가 제일 먼저 굶어 죽는지 보고 싶은 모양이군."

방바닥에 신문지를 깔고 그 위에 과자 부스러기와 오징어 등의 안주를 뜯어 놓고, 소주잔만하게 생긴 비닐컵을 세 사람 앞에 한 개씩 놓고는 최 씨가 이빨로 소주병의 뚜껑을 땄다.

"자, 잔이나 받읍시다."

최 씨는 세 사람 앞에 놓인 비닐컵에 소주를 다 따랐다. 그러자 이 씨가 자신의 잔을 들어올리며 말했다.

"오늘 쏟아지는 이 비가 금년 장마의 마지막 비가 되길 빌면서 건배합시다."

"우라질, 그거야말로 하늘의 맘이지 이깟 건배로 될 것 같아?"

최 씨가 그렇게 야유하면서 입속으로 소주잔을 털어 넣었다.

김만복 씨도 최 씨를 따라했다. 소주 특유의 맛이 입 안을 쓰게 했다. 쓴맛을 없애기 위해 신문지에 놓인 안주로 손을 뻗던 김만복 씨는 신문지에 나온 어떤 사진을 좀더 자세히 살펴보기 위하여 신문지 가까이로 얼굴을 들이대다가 그만 깜짝 놀라고 말았다. 그렇다. 사진의 주인은 시인 김북어 선생이 분명했다.

"신문에 뭐 아는 사람이라도 나왔수?"

이 씨의 질문에 김만복 씨는 망설였다. 그 사진의 얼굴이 지난번 한양에서 만난 김북어 선생이고, 3주 전 그분의 흉내를 내다가 자신의 꼴이 이토록 말씀이 아니게 얻어터진 것을 아무리 친한 친구라 하더라도 사실 그대로 말할 수는 없는 노릇이었다.

"아니, 무슨 기사가 났는가 보려구요."

차마 김만복 씨는 3주 전에 깡패들에게 당한, 그 지독한 폭행으로 자신의 얼굴 모양까지 바뀔 정도의 원인을 제공해 준 그를 안다고 말하지 않았다. 그래도 그 사건이 '모방은 자살'이라고 하는 엄청난 진리를 깨우쳐 준 것에 대해 요즘 김만복 씨는 늘 속으로 감사하고 있는 편이었다.

장대비가 쏟아지고 있는 요즘은 낮에는 차마 찾아뵙지 못하고 있지만, 꿈속에서는 가끔 찾아뵙는 편이었다. 김북어 선생과 마시던 양주의 맛, 그날 김만복 씨의 파트너가 되어 주었던 미스코리아 뺨칠 정도의 미모를 띤 룸살롱의 호스티스, 그러나 무엇보다 김만복 씨를 감동시켰던 것은, 그날 여러 명의 깡패들 앞에서 보인 김북어 선생의 용기였다.

"이놈들 조용히 하지 못할까. 우리가 누군지 아느냐? 우리가 바로 시인이다. 시인!"

깡패들은 자기들끼리 뭐라고 쑤군쑤군거렸는데, 아마 김만복 씨가 지금껏 모르고 있듯이 김북어 선생도 그때 깡패들이 쑤군거리던 내용이 뭔지 모를 것이었다. '저 작자 애비가 이 한양땅의 반 이상을 차지하고 있고, 저 작자는 한양고등학교 선생인데 경찰서장까지 아마 저 작자 친구라지?' '니미랄, 잘못 건드렸다간 꽤나 골치 아픈 작자야. 야, 그만 나가자.'

성형 수술을 받지 않는 한 얼굴이 제 모습으로 돌아오긴 틀렸지만, 대충 눈·코·입이 얼굴에서 제자리를 잡으면 그렇지 않아도 김북어 시인에게 찾아가 맡겨 두고 온 두꺼운 시작 노트 한 권을 찾으러 가야겠다고 생각하고 있던 참이었다. 그런데, 이게 어떻게 된 일인가. 김만복 씨는 신문의 발행 일자를 보았다. 신문은 나온 지가 며칠 지난 구문이었다. 거기엔 김만복 씨의 노트에 적혀 있던 시가 김북어 선생의 이름으로 활자화되어 있었다. 김만복 씨는 아무리 생각해봐도 이해가 가지 않았다.

한양의 아흔아홉 칸짜리 집에서 귀족처럼 살고 있는 김북어 선생은 왜 머슴같이 노동력으로만 살아가고 있는 김만복 씨의 시를 자신의 이름으로 발표하는 것일까. 그 후 며칠이 지나 장마도 갠 어느날 서점에 들러 문예지를 들춰보던 김만복 씨는 울화통이 치밀었다.

김북어 선생의 이름으로 신작특집이 되어 나온 것이었다. 문예지가 나온 지 며칠이 안 되어 신문은 온통 김북어 선생의 사진으로 도배질을 하고 있었다.

퇴근길 이 씨와 최 씨의 딱 한 잔의 유혹을 거절하고 오면서 신문가판대에서 신문을 한 장 샀다.

신문은 대부분 '김북어 시인의 시적 변모'를 다루고 있었다.

신문마다 문화부 기자들을 시켜서 평론가들에게 받은 원고는 갑자기 변화한 김북어 시인의 시가 갖고 있는 투쟁성에 대해서 긍정적으로 검토되고 있었다. 아니, 반신반의하고 있었다.

인용되는 시 구절은 물론 김만복 씨가 쓴 시였다. 신문을 읽으며 김만복 씨는 울화통이 치밀어 견딜 수가 없었다.

김만복 씨는 한양으로 가는 버스에 올라서야 비로소 배가 고프다는 생각을 했다.

그러나 막상 한양의 김북어 시인의 아흔아홉 칸짜리 대저택에 이르자 김만복 씨는 왠지 자꾸 주눅이 들어가는 스스로를 달래듯 초인종을 마구 눌러댔다.

김북어 시인의 그 넉넉한 음성이 들려왔다.

"누구시오?"

"예, 저는…. 김만복이라고 하온데, 지난번 두고 간 노트를 찾으러 왔습니다."

그러자 안에서 문이 열리며 김북어 시인의 서재로 안내되었다.

"지난번 두고 간 노트를 찾으러 왔습니다."

"노트? 무슨 노트요?"

김북어 선생은 지금 김만복 씨가 도대체 무슨 얘길 하고 있는지를 모르겠다는 표정을 지어보였다.

"저를 모르시겠습니까? 지난달에 와서 김북어 선생께 제가 그동안 혼자 쓴 시가 적힌 노트를 전해 드린 바 있는 김만복이라고 하는 사람인데요."

그래도 그는 알은체를 하지 않았다. 그때서야 김만복 씨는 콧대가 주저앉아 자신을 몰라보는 모양이라고 생각이 들었다.

"왜, 그때 요 앞 점백이 여자가 있는 룸살롱에서 양주도 마시고 깡패도 쫓고…."

"도대체 당신 뭐하는 사람이요?"

"노동을 하고 있습니다."

"그런데 사기칠 데가 없어서 시인의 집까지 와서 사기를 치는 거야, 뭐야?"

김북어 선생은 수화기를 들고 경찰서로 전화를 걸었다.

"아, 나 김북어요. 웬 놈이 심야에 내 집안에 잠입했는데, 수상하니 좀 끌고 가서 조사를 해 보시오."

그 말을 듣는 김만복 씨는 뒤통수를 한 대 얻어맞은 것처럼 아찔한 현기증을 느꼈다.

북두칠성은 아름답다

“얘 아범아! 아무래도 밭이 시원찮은가 보다.”

밭에서 막 돌아와 헛간에 농기구를 챙겨 놓고 수돗가에서 손을 씻고 있던 내게 어머니는 그렇게 말씀하셨다.

“엄니, 그게 무슨 말씀이유?”

“그렇잖으면? 아범아, 너도 한번 생각해봐라. 가뭄도 아닌 데 이게 벌써 몇 해째….”

나는 어머니가 무슨 말씀을 하시는지 알 것 같았다.

아내가 다섯 번째까지 연거푸 딸만 낳자 어머니는 해산구완에도 이제 별로 신명이 나시는 것 같지 않았다.

나는 아내가 누워 있는 방 쪽을 흘끔거렸다.

혹시 아내가 지금 어머님의 말씀을 들었으면 얼마나 섭섭하게 생각할까 싶어서였다.

어머니는 내게 정관수술을 받으라고 집으로까지 찾아오는 가족계획협회 홍보요원을 보고 눈살을 찌푸린 적이 한두 번이 아니었다.

‘아들 딸 구별 말고 둘만 낳아 잘 기르자’는 걸 모르는 게 아니라, 우리 집은 종갓집인데 대代를 끊기게 할 수는 없다는 것이 어머니의 주장이셨다. 그 누구도 종갓집 대를 끊어 놓을 권리는 없다는 것이었다. 그만큼 손자에 대한 애착이 크신 것이었다.

다섯 번의 희망이 모두 절망으로 바뀌기 전까지는 아내를 끔찍하게 위했고, 우글거리는 손녀들까지도 귀여워했지만, 이번 다섯 번째의 출산도 딸이라는 사실이 그런 어머님의 태도를 돌변시켰을 뿐만 아니라, 어머님에게도 어떤 한 가지 결심을 굳혀 놓은 것 같았다.

그것은 지금의 아내에게선 도저히 아들이 생길 수 없다는 확신에서 비롯된 것 같았다.

"아범아, 한번 밭을 바꿔 보거라."

어머님은 기회가 있을 때마다 내게 은밀히 그런 말씀을 하셨다.

어머님의 그런 말씀에 처음엔 기척도 않던 나도 어느새 정말 밭을 바꾸면 혹시 아들이 생길지도 모른다는 생각이 들게 되었고, 그래서 종내엔

"글씨…. 그럼 엄니가 한번 그런 좋은 밭이 있는가 골라봐유."

라고까지 대답하게 되었다.

나의 대답을 듣고 어머님은 희색이 만면해서 뛰어다니시다가 샘터에 새 밭을 하나 장만해 두셨다.

아내도 물론 바보천치가 아닌 담에야 집안의 그런 공기를 전혀 모를 리 없지만 그냥 모른 척해주었다. 뿐만 아니라 어머님이 골라준 그 밭에 거름을 주고 씨앗을 뿌리느라고 내가 가끔 외박을 하고 돌아온 날에도 아내는 어디서 자고 오느냐는 난처한

질문은 하지 않았다.

나는 아내에게 미안해서 잠만은 가능한 아내 곁에서 자자고 스스로에게 다짐했었다. 그러던 어느 날이었다. 그날도 저녁 무렵에 가서 새밭에 정성껏 거름을 주고 씨앗을 뿌린 후 집으로 돌아오려고 바지를 주워입고 있을 때였다.

“저…. 임신했나 봐요.”

“음.”

나는 수고했다는 말을 한마디 덧붙여 주었다. 그리고 그다음 날부터 발길을 끊었다. 나 대신 어머님의 발길이 부쩍 잦아진 것은 당연한 일이었다.

어머님은 지극한 정성으로 새밭을 보살펴 주고 있는 것 같았다.

나는 달이 바뀔수록 커지는 어머님의 귀띔만으로는 조바심이 나서 견딜 수 없었다.

“아범아, 역시 밭을 바꾸길 백번 잘한 것 같다. 역시 아들은 임신했을 때부터 알겠드라. 배가 불러오는 게 네 아내 때와는 완연하게 달라. 꼭 아범을 닮은 우람한 고추가 나올테니 두고 보렴.”

어머니는 자신만만하게 말씀하셨다.

임신 10개월째로 접어들 무렵이었다. 매스컴에서 대풍년이라고 초를 쳐서인지 가을걷이를 채 끝내기도 전에 폭우가 쏟아져 1년 농사를 깡그리 쓸어갔다.

나와 아내는 눈만 떴다 하면 저수지가 다 된 논으로 달려가서 낱알 하나라도 더 건지려고 비지땀을 흘렸지만, 어머니는 벼농사만 농사냐며 씨앗농사에 더 정성을 기울였다.

예정일이 며칠 지나서도 아기는 나오지 않았다. 나는 어머니가 읍내 병원이나 보건소로 데려가서 전문의에게 직접 맡아하셨을 뿐만 아니라 동네 아낙네들의 출산도 가끔 맡으셨던 어머님은 자신에게 산파 뺨치는 솜씨가 있다고 굳게 믿고 계셨다.

산모와 산파가 다 비지땀을 흘리며 힘겹게 출산을 한 것은 예정일로부터 사흘이 지난 후였다.

아기가 나오자마자 산파를 맡았던 어머님은 아기의 사타구니부터 살폈다. 고추가 없었다. 그런데도 산모의 배는 꺼지지 않았다. 어머님이 절망할 사이도 주지 않고 3분 간격으로 다시 아기가 나왔다. 또 딸이었다.

어머님은 뜨거운 구들이 꺼지도록 뜨거운 한숨을 내 쏟으며 새로 태어난 두 아기의 울음소리만 듣고 계셨다.

어머님이 침통한 표정으로 딸 쌍둥이를 안고 집으로 돌아와 아내에게 넘겨주시던 날, 아내는 소중하게 아기들을 안으며 조용히 미소지었다.

"이 아기들까지 꼭 칠공주로군요."

다음날 나는 읍내 보건소로 달려가서 낯익은 가족계획협회 홍보원을 만났다.

정관수술을 받는 데는 그리 오랜 시간이 걸리지는 않았다.

정관수술을 받고 돌아온 날 밤, 참으로 오랜만에 찌푸렸던 하늘이 맑게 개이고 밤하늘에는 수많은 별들이 반짝거리고 있었다.

"아빠, 저기 저 칠형제 별이 북두칠성이죠?"

어느 틈에 마당가로 나왔는지 이제 초등학교에 갓 입학한 셋째 딸애가 곁으로 다가와 예쁜 손가락을 밤하늘로 던지며 그렇게 물었다.

수많은 별 중에서 가장 예쁘고 아름답게 반짝이는 별이 북두칠성이라는 사실을 나는 지천명知天命의 나이에 비로소 깨닫게 되었다.

발간사

작가 박석수가 고향에 돌아왔다

박석수 전집 4권 『대화와 수화』를 발간한다. 이 작품집은 장편掌篇 소설의 형식을 취하고 있다. '콩트'라고도 말해지는 이 장르는 번뜩이는 촌철살인의 미학을 바탕으로 범속한 일상에서 삶의 지혜를 보여준다. 박석수는 시와 소설, 그리고 콩트까지 다양한 문학의 갈래에 복무했던 작가이다. 독자들도 어렵지 않게 읽을 수 있으며 공감하는 지점이 많을 것이다.

2023년은 작가 박석수는 물론 박석수기념사업회의 입장에서 매우 의미 있는 해라 할 수 있다. 그동안 박석수를 사랑했던 사람들의 염원이었던 박석수의 시비詩碑가 초록도서관 뒷산에 새로 조성되는 지산동역사문화공원에 건립되게 된 것이다. 기쁘기도 하고 비감한 마음이 들기도 한다. 죽어서도 문학은 남아 사람의 마음을 울리고 새로운 세계로 우리를 이끈다. 아마 이 책이 발간되는 즈음에 시비 제막도 함께 이루어질 터이다.

그동안 평택 지역에서는 시비를 찾아볼 수가 없었다. 이 마당에 평택을 대표하는 작가 박석수의 시비가 세워지게 되는 것은 평택문화의 새로운 기원으로 보아도 좋지 않을까 생각한다. 지금까지 작가 박석수를 알리는 작업을 해왔다. 앞으로는 박석수의 문학정신을 바탕으로 좀 더 포괄적인 평택의 문화를 위하여 어떤 일을 할 수 있을 것인가를 고민해야 하는 시점에 와 있다.

작가 박석수가 고향에 돌아온 것이다. 정확히 말하면 박석수의 작품이 돌아온 것이다. 많은 사람들이 사랑으로 맞아주시기 바란다. 어쩌면 문학이란 고향으로 돌아가는 작업은 아닐까 하는 생각을 해보기도 한다. 한 작가가 고향으로 돌아오는 일이 이렇듯 지난하다.

평택시의 지원에도 감사의 말을 올리지 않을 수 없다. 작가 박석수를 잊지 않고 다양한 지원을 통하여 여기까지 오게 되었다. 작가 박석수의 올곧은 문학정신이 앞으로 평택의 문화적 자산이 되기를 간절히 바란다.

2023년 11월 25일

박석수기념사업회 회장 우대식

박석수朴石秀

1949~1996년

시인 소설가. 경기 평택군 송탄면 지산리 출생. 중앙대 신방대학원 출판잡지학과 졸업. 1971년 대한일보 신춘문예에 시 「술래의 노래」 당선. 1980년 『월간문학』 신인상에 소설 「신라의 달밤」이 당선. 『소설문학』, 『직장인』, 『여원』 편집부장 역임. 〈시와 시론〉 동인.

박석수 전집 ❹ 장편소설掌篇小說

대화와 수화

지은이_ 박석수
기　획_ 박석수기념사업회
펴낸이_ 조현석
펴낸곳_ 북인
디자인_ 푸른영토

1판 1쇄_ 2023년 11월 30일

출판등록번호_ 313 - 2004 - 000111
주소_ 서울 마포구 동교로19길 21, 501호
전화_ 02-323-7767
팩스_ 02-323-7845

ISBN 979 - 11 - 6512 - 081 - 8 03810

이 책은 평택시 문학분야 공모사업 보조금 지원을 받아 출간하였습니다.